LLUÍS MARTINEZ
BISCARRI

EL BALANCÍ
232

MANUEL DE PEDROLO

DISSET CONTES I UNA EXCEPCIÓ

edicions 62
Barcelona

Disseny gràfic d'Enric Mir i Malé.
Fotografia de la coberta: Josep Pagans.

Primera edició: juliol de 1990.
Segona edició: desembre de 1990.
Tercera edició: abril de 1991.

Provença 278, 08008-Barcelona.

Imprès a Nova-Gràfik s/a., Puigcerdà 127, 08019-Barcelona.
Dipòsit legal: B. 15.606-1991.
ISBN: 84-297-3121-0.

ELS CONTES

LA VIDA OFICIAL

El Cap en persona seia darrera la taula, gairebé neta de papers, però amb dos telèfons, i va esperar que fos al seu davant per dir-li amb una veu inusualment neutra:

—S'han retirat els càrrecs... Te'n pots anar.

—I els altres?

—També. Ja són fora. —Va allargar-li un full solitari que fregava amb els dits i demanà—: Firma aquí.

—Què diu?

—Què vols que digui? Que t'hem tractat correctament.

La Garby va quedar-se quieta, i el Cap va fitar-la amb els seus ulls pàl·lids.

—Què esperes? No et corria pressa de sortir?

La noia, dreta, va alçar-se les faldilles fins prop de la cintura i exposà la seva nuesa.

—I això?

El Cap desplaçà una mirada indiferent fins a les cuixes, prop de l'engonal, i la féu pujar pel ventre. Un subordinat en cos de camisa, que entrava sense haver trucat, va aturar-se en sec, també guaitant-la.

—Són les cremades —afegí ella.

—I què? —comentà el Cap—. Més val que et posis les calces.

—No en tinc. Me les vau esquinçar.

L'home va alçar la vista fins al seu subordinat, encara immòbil a tocar de la porta.

—Jonathan, busca unes calces per aquesta noia —va manar-li amb una expressió vagament riallera.

—On? —preguntà el xicot.

—Surt a comprar-les, si cal. Encara hi deu haver alguna botiga oberta.

La Garby, que ara havia deixat caure la roba sobre les cuixes, aclarí:

—No demano les calces... Diu que m'han retirat els càrrecs, o sigui que ja no se m'inculpa de res.

—Lamentablement, és així.

—Però m'han torturat...

—Torturat! Que de pressa que ho dius...! Aquests nois són una mica enjogassats i van fer-te una broma...

—Amb cigarretes enceses —el va interrompre ella.

—I què vols, ara? Ja les han apagades.

El subordinat, que no s'havia mogut, esclafí.

—Au, vés-te'n —digué el Cap, i ara se li endurí la veu—. No ens busquis les pessigolles si no vols que ens fem un tip de riure quan tornis. Perquè ens tornarem a veure.

—Vull que faci venir el doctor Bette —contestà la noia.

—Vaja! I qui és aquesta eminència?

—El meu metge. Sortia de la seva consulta quan em van detenir. M'havia examinat i sap que aleshores no tenia aquests senyals de cremades.

—I ara tampoc, nena, ara tampoc!

La Garby s'alçà de nou les faldilles, però el Cap féu un senyal al seu subordinat, el qual sortí immediatament del despatx. Llavors l'home tornà a mirar-la.

—Encara hi ets a temps. —Amb un capciró, va tocar delicadament el paper—. Firma.

La noia negà amb el cap mentre enretirava les mans que sostenien les faldilles.

—Vull presentar una denúncia.

—És clar —assentí el Cap.

El subordinat entrà amb dos xicots més que també anaven en cos de camisa. Un d'ells, molt robust de braços, va subjectar-la i, introduint la mà per sota el jersei, va pinçar-li un mugró mentre l'altre li torçava el braç cap enrera fins que l'articulació va estar a punt de petar.

—No! —cridà ella.

—Firma —digué el director, sense moure's de darrera la taula.

El noi que li pinçava el mugró amb uns dits que semblaven tenalles, va engrapar-li el pit amb força i li imprimí un moviment de rotació, com si fos una peça desenroscable; el seu company accentuà lleugerament la pressió sobre el braç, i ella serrà les dents abans de dir:

—No gosareu trencar-me'l; no sabríeu com explicar-ho.

—Ho explicaràs tu mateixa, nena —la informà el Cap—. Quan diguis que, per badoqueria teva, vas rodolar escales avall... Firma —repetí.

S'hi va veure obligada en convèncer-se que no li estalviarien res i, un cop complert el tràmit, abandonà el despatx enmig d'un silenci total. Fora, va orientar-se pel passadís buit, amb totes les portes tancades, i, en ser al replà, va anar davallant lentament, forçant les cames que li tremolaven, prement-se el pit on se sentia una fiblada.

Baix, travessà l'entrada sense mirar ningú i sortí al carrer fosc, desert. Tot just havia fet cinc o sis passes quan una veu cridà al seu darrera:

—Alto!

Es girà i va veure que eren dos, vestits de paisà. Un d'ells li digué:

—Quedes detinguda.

—Per què? —gemegà mentre sentia que començava a orinar-se.

L'altre, brutalment, va aixecar-li les faldilles sobre el cul nu i mastegà:

—Exhibicionisme, provocació, escàndol públic, burla a l'autoritat... Sobren motius.

El seu company la va empènyer amb barroeria:

—Cap dalt!

Dins, ensopegà amb el primer graó i van deixar que caigués. De nou dempeus, ara amb les cuixes xopes d'orins i el colze encetat, van mig arrossegar-la escales amunt i passadís enllà, fins al despatx on el Cap encara seia darrera la taula.

—No et deia que ens tornaríem a veure? —la saludà—. No em pensava pas que fos tan aviat... Què ha fet, aquesta vegada? —preguntà als policies.

—Ens ha mostrat el cul, no sé si per incitar-nos o en senyal de menyspreu...

I el Cap va moure la testa, entre dolgut i desaprovador.

—Veus què passa, per no dur calces? Au, seu, que et prendran declaració...

EL BON CIUTADÀ

(versió A)

El sergent de guàrdia, cridat pel sentinella de la porta, l'escolta i decideix:

—Més valdrà que parleu amb el director.

—El puc veure?

—Només caldria! Veniu.

Dins, el precedeix pel vestíbul en el qual s'obren tres portes, una d'elles potser la del cos de guàrdia; s'hi senten rialles i enraonadisses mentre el sergent s'encamina cap a les escales de la dreta, assenyalades per una fletxa muda, vermella. Les puja feixugament, rabassut com és i, dalt, tots dos recorren un passadís fins a la porta on, en lletres argentades sobre el cristall esmerilat de la part superior, diu: «Director: J. Anover».

El suboficial tusta amb els artells i quan, de l'interior, una veu els contesta «endavant!», li cedeix el pas:

—Podeu entrar.

L'home que seu darrera la taula deu tenir la cinquantena, però els seus ulls semblen més joves quan li somriu amb una expressió acollidora mentre ell avança, una mica insegur, potser sorprès i tot per aquelles facilitats i pel fet de no haver vist cap més policia, ni cap reixa.

S'instal·la quasi tímidament en una butaca que l'altre li assenyala amb un gest cordial i, en resposta a una mirada aleshores interrogadora, balbuceja:

—Gràcies per rebre'm. Sóc en Donat Molens... —i fa un moviment per treure's alguna cosa de la butxaca.

El director, però, se li avança amb la mà alçada:

—No calen identificacions. És a dir —riu, benhumorat—, sempre que no vingueu en qualitat d'hoste!...

—No, no! —protesta—. És per la mà.

—La mà?

—Sí. He pensat que ho havíeu de saber, si no us n'heu adonat encara.

L'altre assenteix amablement, sense comentaris, com invitant-lo a prosseguir.

—És a la banda de darrera, la que dóna a l'avinguda Jonquil... Hi ha una mà que surt de la paret. Vull dir que no sembla pas que hi estigui enganxada, sinó que surti verament de la pedra, com si vingués de dins. Una mà d'home —afegeix.

—Una mà que penja? —vol assegurar-se el director, i ara tot de menudes arrugues li solquen el front, bo i que sembla més desconcertat que no pas inquiet.

—Sí. I es mou.

—Sí que és estrany! No hi ha antecedents, d'una cosa així.

Despenja un telèfon interior, disca una lletra i, quasi de seguida, parla a l'aparell:

—Loreu... Sembla que a la banda de l'avinguda Jonquil hi ha una mà que surt de l'edifici... No, no per cap finestra! Surt de l'obra... Tampoc jo no ho entenc, però així acaben de comunicar-m'ho. Seria convenient que hi féssiu un salt... Sí, ara mateix!... Espero la vostra trucada. Ah, i no toqueu res! Limiteu-vos a mirar i a treure les coordenades.

Penja i torna a girar-se-li, però abans de dir res li allarga una capsa amb cigarretes. Quan han encès, comenta:

—De seguida sortirem de dubtes... Bé —rectifica—, no és que no em fiï de la vostra paraula, però la comprovació d'un funcionari és sempre convenient... O potser també ho sou?

—Funcionari?

—Si heu treballat en algun dels nostres establiments...

—No, mai. És el primer cop que poso els peus en una presó.

—Excel·lent! Ja se'n troben poques, de persones com vós... Una mà d'home, heu dit?

—Bé en té l'aspecte.

—Entenc. I heu pensat que podia ser la d'algun dels homes que tenim en custòdia.

—Se m'ha acudit, sí.

—Heu fet bé de venir. Una cosa d'aquestes podria cridar l'atenció, reunir gent... I aviat es farien comentaris desfavorables, potser es murmuraria que no tractem com cal els internats...

De cop i volta sembla una mica amoïnat, però es tranquil·litza quan el seu subordinat truca: sí, hi ha una mà que penja, però fins ara ningú no s'hi deu haver fixat, en aquesta hora l'avinguda és solitària. El director escolta, va fent que sí amb el cap i, en reposar el telèfon, explica:

—Per les coordenades que em dóna el caporal, deu correspondre a la cel·la 17 A, a la planta baixa. Caldrà donar-hi un cop d'ull... Suposo que voldreu venir?

No li sembla correcte refusar-se a la invitació i el segueix cap a fora, on el director enretira d'un petit armari un clauer ben proveït que li servirà per anar obrint, en aquest ordre, la porta de l'extrem del corredor, la reixa que hi ha darrera, la reixa que es dreça al capdavall de les escales que els duen al pis de sota, una porta que els barra el pas en una galeria massa il·luminada, una tercera reixa que dóna entrada a la part de les cel·les i, local enllà, on troben el primer i únic escarceller, la reixa del darrer passadís. La de la cel·la 17 A, a la dreta, l'obre el mateix guardià.

Dins, mal assegut a terra, ran de paret i fregant el capçal de la plataforma que li fa de llit, hi ha un home amb la barba curosament retallada però d'allò més despentinat que, a primera vista, sembla manxol. Cal que se li atansin més per veure que l'avantbraç li desapareix cap a l'interior del mur gairebé fins a l'altura del colze, una curiosa situació que fa brandar la testa al director mentre el pres desvia els ulls i acota el cap.

—Bé, Rorb, espero una explicació...

—No sé com ha anat —diu l'home, sempre defugint la mirada—. De debò, senyor director. Jo repenjava la mà i, tot d'una, la paret ha cedit...

—Com si fos de mantega, oi? —es burla amablement el director.

—Sí, una cosa així —i llavors alça la vista—. Què hi podia fer, jo? I el pitjor és que ara no la puc enretirar.

—No t'amoïnis; t'ajudarem.

Subjecta el braç de l'home i va estirant-lo amb prudència, com per evitar-li sofriments. De moment la mà es resisteix, però aleshores, quan el director ha insistit unes quantes vegades, progressivament amb més força, si bé sense excedir-se, s'observa que recobra un parell o tres de centímetres. És quan el pres, a contratemps, comenta:

—Em sembla que no ens en sortirem.

—És clar que sí, Rorb. Sempre ens sortim de tot, oi?

—No ho he pogut evitar, senyor Anover, li ho juro —torna a assegurar l'home.

—Naturalment.

Més i més avantbraç es deixa extirpar del mur, del qual aviat emergeix el dit gros, força separat dels altres. Van seguint-lo tanmateix mentre la paret recobra la llisor de la seva superfície, però després cal friccionar la mà per tal de restablir la circulació sanguínia més o menys bloquejada per la pressió. Ningú no el maltracta, ningú no el renya; ben a l'inrevés, el carceller somriu i el director li tusta amicalment l'espatlla abans de dir:

—Apa. Vine, ara.

—Que em vol canviar de cel·la, potser? —admira el vell.

—És que no m'agradaria que es repetís, saps? No vull que prenguis mal, Rorb.

Tots quatre recorren el passadís, baixen unes quantes escales, emprenen un altre corredor, tomben cap a la dreta, es desvien cap a l'esquerra en arribar a una cruïlla i, quan ja han obert i tancat provisionalment dues portes i tres reixes que es deuen usar força, car les frontisses no grinyolen gens, es troben en una sala ampla i ben il·luminada al bell mig de la qual, a una distància prudent dels murs, hi ha una gàbia potser d'un metre i mig de costat i amb els barrots ben junts, gruixuts. El director s'atura davant la porta, baixa i estreta, fa un pas de costat i diu:

—Cap a dins, Rorb.

—No ha estat culpa meva, senyor Anover —protesta l'home, humilment.

—Ben cert. Però ja has vist que aquestes parets no són de cap confiança. Construeixen molt malament, ara.

—Però...

—I jo, com em sembla que ja t'he dit, no vull que et passi res. Pensa en la meva responsabilitat.

L'home, que ara calla, com aclaparat, deixa que un cop dins el carceller li subjecti els canells amb unes manilles que pengen dels ferros del sostre, a l'extrem de dos cables d'acer la llargada dels quals, graduable, és escurçada fins que els peus del pres tot just freguen el terra si fa puntetes.

No diu res, però se li escapa una mena de singlot quan tanquen el forrellat de doble pany, les claus del qual es queda l'escarceller que després, en deixar tots la sala, retorna al seu lloc de vigilància mentre ells refan el camí cap al pis de dalt i cap a la banda del despatx, on ja no entren.

El director vol acompanyar-lo fins a la porta, agraït, diu, de l'atenció que ha tingut amb l'establiment i que a ell de segur li ha estalviat maldecaps.

—Són entremaliats com unes criatures —comenta ja al llindar—. Per això cal tenir-hi paciència, com un pare en té amb els seus fills. Paciència —repeteix, i la veu se li va fent dolça mentre els ulls li brillen—. I, quan cal, també una mica de rigor. Una mica, només. Noranta dies passen de pressa, però ajuden a contenir una imaginació que es pot fer perillosa.

—Imaginació? —se sorprèn ell—. Però si l'hi tenia de debò, el braç enfonsat en el mur!

—Veu? —riu el director—. Aquest és el perill de què li parlava. La imaginació és contagiosa, i malament aniríem si no procuràvem tallar-la a temps... No li sembla?

Però ell, ara avergonyit, no contesta i s'acomiada amb un gest del cap, fredament.

EL BON CIUTADÀ

(versió B)

El sergent, alt i arrogant, se'l mira despectivament.

—Hi ha un servei per a les reclamacions.

—No en vull pas fer cap —protesta ell.

—Què, doncs? —gairebé lladra l'uniformat.

—Informar.

—És qüestió del director, doncs. Només ell té prou competències.

—Acompanyeu-me a veure'l...

El sergent el fita entre incrèdul i ofès i, amb una veu quasi amenaçadora, exclama:

—Quina impertinència! Us penseu, potser, que està a disposició del primer que el demana? Cal fer una sol·licitud i esperar que us convoqui.

—¿Encara que l'assumpte afecti la seguretat de la presó? —gosa precisar l'home.

El suboficial té un moment de vacil·lació i llavors, sorrut, allarga la mà:

—Documents!

Amb un rictus desconfiat, examina la targeta identificadora que li lliura, compara, amb un cop d'ull incisiu, la fotografia amb la cara que té davant i, a contracor, ordena:

—Veniu!

Dalt, en una petita habitació interior, l'escorcolla personalment abans d'acompanyar-lo a una taquilla on ha d'emplenar un llarg imprès que, un cop complimentat, amb la indicació exacta de la naturalesa de la informació que el signant es disposa a facilitar humilment, el sergent s'emporta cap al capdamunt d'unes escales protegides per una porta blindada. El funcionari de la taquilla, que no ha dit ni un mot i no para de rosegar-se les ungles, el contempla amb suspicàcia.

L'espera s'allarga deu, quinze, vint minuts, i aleshores la porta s'obre de nou i, des del llindar, el suboficial l'assabenta amb una expressió decebuda:

—Us rebrà de seguida. Heu tingut sort...

Com temerós de donar-li l'esquena, fa que el precedeixi graons amunt entre guàrdies que munten la vigilància i, un cop al pis de sobre, s'encaminen a una porta també ben protegida al costat de la qual hi ha un interfon.

—L'interfecte, senyor director.

—L'heu escorcollat? —pregunta la veu des de dins, aspra.

—Sí, senyor director.

La porta es bada i ell travessa cap a la taula on l'espera un home d'uns cinquanta anys i de cara ferotge, potser per un excés de mandíbula inferior que s'avé d'allò més amb l'esclat metàl·lic dels ulls que l'examinen amb fredor.

—Donat Molens?

—Sí.

—Identifiqueu-vos.

Ara no n'hi ha prou amb la targeta; li cal exhibir la totalitat dels papers que porta damunt, inclosos el talonari del compte corrent i un rebut comercial que acredita el pagament d'una màquina d'afaitar. El director s'ho llegeix tan lentament com si fos un tractat de metafísica medieval i, a la fi, satisfet però encara abrupte, aplana el palmell sobre la sol·licitud i demana:

—Què és, això d'una mà?

—Penja de la paret de fora de la presó, al costat de l'avinguda. No m'ha semblat pas que fos una cosa normal...

—Esteu familiaritzat amb el reglament penitenciari? —el talla l'home.

—No; gens.

—Com podeu dir, doncs, que no és normal? No sou pas vós qui ha de treure conclusions...

—Ben cert. Potser m'he precipitat.

—De seguida ho veurem. Què té de particular aquesta mà?

—Res, fora que surt de la paret.

—L'heu tocada?

—Me n'he guardat prou!

—Què heu fet, doncs?

—No res. He vingut a dir-vos-ho.

—Bé... —i els ulls del director llampeguen—. Ara podem fer dues coses: si reconeixeu que es tracta d'una broma, serà una falta lleu: de tres a sis mesos de condemna automàtica. Si no ho reconeixeu i comprovem que heu mentit, la falta és greu: de quatre a set anys. Què escolliu?

—La comprovació —diu ell sense titubejar.

El director pitja un timbre de damunt la taula i a l'acte, com si haguessin estat esperant la trucada, tres homes d'uniforme i el sergent irrompen a l'habitació, dins la qual se situen als quatre angles sense que calgui cap paraula de comandament, mentre l'home desapareix per una altra porteta mig dissimulada entre uns fitxers i unes lleixes amb tot de paperassa. Ell continua dret, puix que no l'han invitat a seure, es treu una cigarreta i se la posa a la boca, però ja no té temps d'encendre-la: un gest del cap, descoratjador, del suboficial, l'aconsella de tornar-la al paquet.

El silenci no dura ni cinc minuts. És llavors que per

la mateixa porteta entra un vell d'espatlles caigudes, blanc de cabells i amb una americana llarga i baldera els faldons de la qual oculten una bona part dels pantalons llardosos i arrugats. Únicament l'esclat metàl·lic dels ulls i la rotunditat de la queixada revelen que es tracta del director en persona. Tampoc la veu no li ha canviat quan mana:

—Som-hi!

Tanmateix, els guàrdies només els acompanyen fins a la porta del carrer on, en sortir, el sentinella els obliga a identificar-se bo i que la seva actitud respectuosa indica que, disfressat i tot com va, ha reconegut el seu superior.

Fora, contornegen l'edifici a pas lent, car l'home ha desenvolupat una lleugera coixera que, als ulls de tothom, el fa caminar amb esforç. No explica en cap moment el perquè d'aquestes maniobres, i ell tampoc no li ho pregunta. Li sembla prou clar que, en una missió com aquella, al director li interessa d'assegurar-se l'incògnit.

L'home s'atura a la cantonada, des d'on ja és visible la mà que sobresurt de la paret, i és sense avançar que l'observa una estona mentre tatxona i després encén una pipa que acaba de treure's del gec.

—Molt bé —mormola com contrariat—. Teníeu raó.

En lloc d'entornar-se'n, però, reprèn la marxa, més lenta encara, al llarg del mur que ni es mira; el preocupa més, es diria, el trànsit de l'avinguda, escàs i una mica llunyà; l'establiment penitenciari es dreça al marge de l'alineació dels altres edificis, en un entrant sense asfaltar ni empedrar que la gent procura evitar, com si temessin els guardians que es passegen per dalt, entre les garites i darrera un parapet que els protegeix fins a l'alçada de les espatlles; des de baix, tots semblen decapitats.

Cap d'ells no qüestiona que circulin tan arran de paret, i de segur que tampoc no s'adonen, tan ràpid va tot, del ganivet que de cop i volta, com si l'hagués recollit de l'aire, apareix entre els dits del director que ara mastega fort el broquet de la pipa, ni del gest amb què subjecta la mà amb l'esquerra, estirant-la enfora, mentre amb la dreta ja secciona el canell. En les profunditats del mur ressona un esgarip angoixant que es prolonga en un gemec, i la sang raja abundosa i vermella quan amb un moviment sec l'home acaba de separar aquella extremitat.

És amb la mateixa destresa que la fa desaparèixer en una de les amples butxaques de l'americana mentre ja reprèn la marxa ben just interrompuda per aquella pausa, ara cap a l'altre cantó de l'edifici, on tomba, seguit d'ell que reprimeix com pot els moviments convulsius de la glotis.

Ja són novament prop de la porta, però encara fora de l'abast de les orelles del sentinella quan, en acomiadar-lo, diu:

—Informació falsa; no *hi ha* cap mà —recalca el present amb severitat.

—No... —degluteix ell.

Els ulls d'esclat metàl·lic l'observen amb un esguard humiliador que acompanya les darreres paraules:

—Com que és la primera falta, l'oblidarem. —I, amb més violència—: Aneu-vos-en abans no em penedeixi d'aquesta benevolència potser immerescuda!

Ell assenteix, ara els ulls fits en la taca que va eixamplant-se per fora de la butxaca i, en silenci, gira cua i s'allunya, capcot. Sigui com sigui, està fitxat.

ELS INFRACTORS

En Jim amollà un renec gruixut quan el tractor arribava a l'altura del transformador elèctric, a la dreta de la carretera. Distret amb les seves cabòries, excés de pressió fiscal, alça de preus dels adobs i carburants, falta de mà d'obra i d'altres malvestats que no tenien res de natural, havia passat de llarg per la cruïlla en la qual desembocava el camí del poble. S'assegurà que la carretera era deserta, va fer tombar la màquina i retrocedí.

Un quilòmetre enrera, s'adonà que la cruïlla no hi era. El camp d'en Mireia, que hi limitava a l'esquerra, i el plantat d'en Xiurac, que ocupava el costat dret, ara es tocaven. Aturà el tractor, desconcertat, proferí un altre renec i es redreçà darrera el volant. Del camí, ni rastre.

Aleshores va veure la noia. S'atansava entre els arbres i, en ser més a prop, va identificar-la: era la Teresa de can Cabanes. Sinó que avui semblava una altra. Duia sabates altes, amb un taló molt fi que se li enfonsava en la terra llaurada de no feia gaire i un vestit verd clar d'allò més curt i escotat, vaporós com al poble no se n'havia vist mai cap.

—Teresa! —la cridà—. Què passa?

—Hola, Jim —digué ella.

—Com és que vas vestida de puta?

—De puta? Tu sempre exageres —va contestar-li, i s'aturà mentre ell es girava, destorbat per una sobtada remor.

Un estol de capellans, potser quinze o setze, s'atansaven desordenadament per la carretera i, en tenir-los més a tocar, en Jim va veure que es disputaven un llibre. Van passar com si ells no hi fossin, tan agitats que alçaven l'asfalt. El tractor va inclinar-se una mica, mancat de suport, i s'hauria bolcat, expulsant-lo del seient, si, al darrer instant, no engega i l'entra en la finca, on va immobilitzar-se de nou, esverat.

—És el breviari —va dir la noia, tranquil·la.

—Què cony passa? —va repetir en Jim.

—Què vols que passi? Només en tenen un.

Ara s'havia assegut al marge i es treia una sabata, on devien haver-se-li endinsat grumolls de terra, i el noi endinsà la vista cuixes amunt, cap a la carn nua de sobre les mitges. Després, torbat, va girar-se altre cop a la carretera esbotzada; ara, sense deixar d'avançar, els capellans es pegaven.

—No ho entenc... —mormolà.

Ella no li'n féu cas. Va alçar més la cama per tal de posar-se la sabata i llavors, amb les faldilles que, breus com eren, se li enfilaven massa enlaire, li preguntà:

—Véns?

—Te'n vas?

—Com tothom —l'informà ella amb naturalitat.

En Jim va saltar del tractor i se li anà atansant amb una expressió que obligà la Teresa a moure el cap d'una banda a l'altra.

—No t'ho pensis pas —li digué, però no abaixà la roba ni canvià de posició.

El xicot va aturar-se i, de cua d'ull, va veure un altre escamot de capellans que avançava tan ràpidament com podia entre ensopegades i caigudes provocades pels accidents del terreny ingrat en què s'havia convertit una bona part de carretera, per les sotanes que se'ls entortolligaven entre les cames. Tampoc no els devia ajudar gaire que tots anessin amb ulleres negres que contrastaven amb la blancor dels roquets.

—D'on surten, tants? —s'admirà.

—D'arreu... N'hi ha molts —féu la Teresa mentre apujava l'altra cama per treure's la segona sabata, la sola de la qual colpejà contra una pedra de la riba.

Ell va descobrir-li el triangle blanc de les calces, però notà que la noia se'l mirava i restà immòbil, fitant-la, tanmateix, descaradament. Mentre els capellans del segon escamot passaven, suats i ruflant, començà:

—Teresa...

—No hi ha res a fer —el va interrompre ella.

—Ni si t'acompanyava amb el tractor?

—Ni que m'acompanyis... I per on vols passar, si han enfonsat la carretera?

Llavors va recordar:

—I el camí? Hi havia un camí, entre aquestes finques...

—Se'l deuen haver endut! —va riure la Teresa, va posar-se la sabata, s'estirà una mitja, l'altra, perquè quedessin ben tibants, i s'aixecà—. ¿No veus que s'ho enduen tot? A hores d'ara ja no deu quedar res, al poble.

—I els altres? On són?

La noia va arronsar-se d'espatlles i se li atansà.

—Tens sort, tu.

En Jim abaixà els ulls fins a l'escot del vestit que es tancava no gaire més amunt dels mugrons, i la noia, que l'observava, tornà a riure:

—Mirar i prou, ara!

—Ara? —s'estranyà el xicot.

Però ella, sense explicar-se, se'n va anar cap a la carretera, va endinsar-se entre els blocs d'asfalt clivellats i, en ser a l'altra banda, on pujà al marge, va girar-se amb la mà alçada:

—Adéu, Jim.

Va seguir-la amb l'esguard mentre s'allunyava per una sendera i, quan va desaparèixer darrera la paret del petit barranc que s'obria més avall, pujà al tractor, però no va engegar-lo, sinó que de cop i volta tornà a saltar-ne amb els ulls que li fugien de les conques.

Si ell era l'hereu de can Cabanes i la Teresa la seva germana!

—Teresa! —va cridar i, enllà, veié els capellans, quiets, que ara escoltaven.

L'ERNEST RENUNCIA A LA VERSIÓ DRAMÀTICA

En tombar la cantonada l'individu l'envestí amb la seva maleta de cartó, lligada amb una corretja, i ell alçà la cama, va fregar-se el genoll mentre protestava:

—Home! Que no teniu ulls?

Era baixet i rodanxó i duia una corbata verda, esfilagarsada sota un coll de camisa que necessitava molt de sabó i un bon cop de planxa, com el vestit, d'americana entrecreuada, d'allò més pansida, i, estranyat, se'l va mirar un moment abans de continuar carrer avall.

Increïblement, quinze o vint passes més enllà hi havia una dona al llindar d'una porta oberta al capdamunt de cinc graonets d'obra protegits per una barana d'aspecte fràgil que algun cop, potser mig segle enrera, algú devia haver pintat de color xocolata perquè semblés vella des de bon començament. La casa, entaforada entre dues construccions força més altes, era tan terriblement estreta que no devia arribar ben bé al pati d'amplada, i només en una de les bandes quedava espai per a una botigueta amb portes de fusta, ara tancada.

—No busqueu pas una habitació? —l'interpel·là la dona quan el tingué davant.

—Vaig molt escurat de diners —va contestar-li ell, aturant-se, però sense reposar la maleta de lona.

La dona, entre els trenta-cinc i quaranta, neta de cosmètics la cara de pell una mica ressentida per tractaments cutanis anteriors i llargs els cabells d'un ros cendra que, com una joveneta, deixava caure sobre les espatlles mal cobertes per un jersei extravagantment balder, esbossà un somriure:

—Tampoc no us en demanaré tants.

L'Ernest no va poder resistir d'enfilar-se pels graons quan ella, havent dit un preu, s'enretirà una mica, com invitant-lo a seguir-la a l'interior d'aquells quatre metres d'amplada, i penetrà en la foscor d'un vestíbul que, a l'esquerra, s'allargava cap al fons de l'edifici i, a la dreta, moria allí mateix, al peu d'una altra escala força penjada que no hauria pas permès el pas de dues persones de tronc.

—Tinc quatre habitacions, dues al primer pis i dues al segon —explicà la mestressa mentre el precedia graons amunt—. Ara mateix ha quedat lliure una de les del primer.

—No hi teníeu pas una baldufa amb la bandera verda? —li preguntà l'Ernest sense treure-li els ulls del cul, d'allò més robust sota unes faldilles que, en contrast amb el jersei, la cenyien tant que les costures semblaven a punt de petar. Potser ho haurien fet, si hagués dut calces.

—Hi has ensopegat a la cantonada —va riure.

Dalt, el corredor no devia pas tenir més de quatre pams. Només a la paret de l'esquerra hi havia portes, una a cada extrem i una altra, més baixa, prop del replà. Va dur-lo cap a la banda de darrera i el féu entrar en un dormitori no pas més gran que una cel·la, on el llit, la cadira, una menuda tauleta i l'armari aplanat s'amuntegaven l'un sobre l'altre. La llum que hi penetrava era escassa i, en atansar-se a la menuda finestra, va veure que s'obria a un pati tan reduït que la finestra de davant, corresponent a l'altra casa, quedava a tocar per poc que allargués el braç.

—Ara s'explica la ganga —comentà, potser amb imprudència, però ella s'ho va prendre bé.

—En canvi, és neta —va dir mentre enretirava la roba del llit sense fer, i afegí—: Canvi de llençols cada setmana.

—I el lavabo?

—És la porta del mig. El compartireu amb l'altre llogater del replà. Elles, dalt, ja tenen el seu.

—Elles? —s'estremí de la coincidència.

—Sí, elles. No hi vull embolics, però. Ni que porteu dones de fora.

—Difícil! No sabria pas on posar-les...

—No et crec pas! —digué ella, ara tutejant-lo, i s'enseriosí—. Cobro per endavant.

Butxaquejà, va pagar-li dues setmanes com ella volia i, en quedar-se sol, va fer córrer la cremallera de la maleta mentre bellugava el cap, com si no s'ho acabés de creure. En va treure una muda, unes sabates, els estris d'afaitar, uns pantalons de llaneta, una caçadora, un parell de llibres i un plec de papers.

Quan ho va tenir tot col·locat, s'abocà a la finestra, mirà la del davant, tancada, i després decidí fer una visita al lavabo. Era un altre cop de puny: rentamans, wàter i bidet. Sense dutxa ni banyera. Orinà, va rentar-se les mans amb aigua freda, l'única que rajava, i se'n tornà a la cambra, cada cop més sorprès.

La dona ja hi era amb la roba neta i ara feia el llit com podia, malament; el moble, per l'altra banda, s'encastava a la paret i era incòmode d'enretirar-lo; li calia, doncs, estirar-se per sobre el matalàs.

Com que no podia pas entrar al dormitori sense fer-li nosa, es va quedar a la porta, encarat amb la gropa per la qual s'enfilaven indiscretament les faldilles. Tenia una petita varice a l'interior de la cuixa esquerra i, quan s'inclinà més, va veure-li una piga, molt rodoneta i força suggestiva, més amunt, si fa no fa a l'indret que corresponia a la vora de les calces. Potser era per no fregar-la que no se'n posava.

—Què fas, tu? —va preguntar-li encara d'esquena.

—Tot just acabo d'arribar —digué l'Ernest.

—Busques feina, vaja!

En redreçar-se tenia la cara sufocada per l'exercici i va donar un cop d'ull general a l'habitació mentre, amb una mà sota el jersei, reintroduïa als sostenidors les mamelles fugitives.

—Després et pujaré la tovallola —va dir-li.

—He vist que no hi ha dutxa...

—No, no n'hi ha. Però més avall, a dues cantonades, trobaràs una casa de banys. Aquestes noies hi van. I l'Òscar també.

—L'Òscar?

—El teu veí de pis. És un home molt com cal.

Va enretirar-se del llindar per tal de deixar-la sortir i, quan ella s'allunyava, va entrar de nou al dormitori i ajustà la porta. Una mica enquimerat, es va treure les sabates, el gec, i s'estirà al llit, s'hi va moure. Era tou, confortable, i això el tranquil·litzà. Va acabar immobilitzant-s'hi panxa enlaire, contemplant per primer cop el sostre, pel guix del qual zigzaguejaven, sense arribar a coincidir en cap moment, dues esquerdes superficials que s'obrien a l'esquerra del llum, una simple bombeta sota un pàmpol verd.

Es van anar ajuntant a mesura que els ulls se li tancaven com seduïts per la penombra i, quan els obrí, s'havia tombat de cara a la finestra i algú teclejava a la porta amb els artells. Esperà uns segons, per assegurar-se'n, i llavors, mentre es redreçava, digué:

—Endavant...

No era la mestressa, sinó una altra dona més jove, potser de vint-i-set o vint-i-vuit anys, vestida amb unes faldilles molt curtes i una mena de túnica llarga, d'escot triangular i tan profund que li descobria tota la naixença dels pits, potser massa abundants. Duia les sabates a la mà i ja es disposava a deixar-les a terra quan va interrompre el gest i se'l mirà estranyada, bo i ofegant una exclamació. Ell, bocabadat, va treure les cames del llit sense aixecar-se.

—Buscava en Bill —digué la noia—. Que no hi és?

—Bill?

—Sí.

—No conec cap Bill. Tot just fa una estona que m'he instal·lat.

—Ah! El deu haver tret, doncs.

—Tret?

—La senyora Miquela. Li has llogat l'habitació?

—Sí. Deu fer una hora, dues... —i consultà el rellotge, però ara no hi havia prou claror per distingir les busques.

—L'ha tret, doncs —va repetir ella—. Sóc l'Elena, una de les dues noies que viuen dalt —aclarí mentre feia una passa que la situà a frec dels seus genolls.

—Sí. M'ho ha dit.

—La Tònia i jo. Com et dius, tu?

—Ernest. És una mica tap, aquest Bill?

—Sí. Veus com el coneixes?

—L'he vist, només. Sí, és fora. Però em pensava que la senyora... com has dit, Miquela?... no volia embolics.

La noia es va asseure al llit, al seu costat, i va riure amb tanta discreció com havia trucat.

—Doncs n'hi ha. I en Bill em devia dues mil pessetes.

—Bufa! —i amb l'exclamació va dissimular un petit cobriment de cor—. Em sembla que no les cobraràs pas. Se n'anava molt escapat.

—No és que hi confiés gaire.

—I així i tot les hi vas deixar?

La noia va mirar-se'l tota encuriosida, i després rigué de nou.

—Ves amb què em surts, ara! Com si em sobressin!

¿Quines noies et sembla que hi poden viure, en unes gàbies com aquestes? Putes, Ernest... I ell estava sol, no coneixia cap noia... Tu tens xicota?

—No.

—Ni xicota ni diners, suposo...

. Ell estirà la cama esquerra, que fregava la de l'Elena, es ficà la mà a la butxaca i, en treure-la, exhibí uns quants bitllets.

—Vuit-centes pessetes.

—I fins quan t'han de durar?

—Fins que pugui vendre una novel·la.

La noia, que es mirava els bitllets sense gens ni mica de cobejança, alçà els ulls per escrutar-li el rostre.

—Escrius?

—Sí.

—I no et coneix ningú, oi?

—No encara.

—¿I quant de temps et sembla que et durarà, aquesta fortuna? —va preguntar-li amb un altre cop d'ull indiferent als bitllets.

—Demà buscaré feina —assegurà mentre se'ls desava.

L'Elena va moure el cap, entre incrèdula i compassiva, però aleshores reposà una mà en la seva cuixa.

—Bé, em penso que la trobaràs aquí mateix. ¿No s'ha insinuat, encara?

—De què parles?

—Prou que t'ho imagines! De la senyora Miquela. Però no n'esperis gaires generositats. Alguna menjada, i para de comptar. Li agraden joves i rossets, com tu —va prémer-li afectuosament la cuixa, prop de l'engonal, i s'aixecà, però ja havia recollit les sabates i era a la porta quan, girant-se, i més baixet, afegí—: Vigila que no us enxampi l'Òscar. També hi suca, i té mala llet. Sempre trobaria, si li convingués, un motiu o altre per detenir-te i fer-te-les passar morades. És d'una brigada especial, saps?

Un cop sol, l'Ernest va quedar-se molt quiet, esperant que el cor es cansés de campanejar-li amb aquella violència, i després va deixar la vora del llit i va refer la maleta. No podia creure en tantes casualitats: l'home que ensopegava amb ell a la cantonada, la dona que li proposava un allotjament econòmic, aquella casa tan estreta, la noia del pis de sobre que entrava a l'habitació, la presència d'un bòfia de mala jeia, amant de la mestressa... Llevat dels noms, tot, absolutament tot era a la seva novel·la, i hi havia encara més: la mort del protagonista en un calabós.

Furtivament abandonà el dormitori, furtivament baixà les escales ara a les fosques i sortí al carrer, on arrancà a córrer, com havia previst que l'heroi del llibre faria en una versió que descartà perquè hi faltava dramatisme. Potser s'havia salvat, doncs.

QUIN AMOR ÉS AMOR?

Baixa les escales amb els llibres i les carpetes, ben tibats els mitjons, ben planxades les faldilles de l'uniforme, surt al matí pàl·lid de la tardor i se somriu a ella mateixa, somriu a l'om de la vorera en el qual, de més nena, tants cops s'ha enfilat. Encara ho faria. L'airet amb gust d'onada lenta li anima els colors de la cara, li alça un ble, escàpol de la cua de cavall. Mou el cap perquè salti quan travessa el carrer i, ran de tanques, passeja un dit pels maons mentre reprimeix una pregunta, un pensament.

Abans de ser a la cantonada, respira ja el perfum del *cinamom* i se n'abeura com si fos un líquid, l'entreté a les papil·les olfactives, com en diu el pare. Ja deu fer estona que és a l'hospital; la consulta privada, a casa, la fa a la tarda. Potser també serà metge, ella. I s'alça una mica la mànega de la brusa que amaga una crosteta de quan va caure i s'encetà la carn, a l'hora de l'esbarjo. Potser se la podria arrancar...

Al jardinet de la plaça reguen la gespa, i el broll s'alça també cap als arbres que gotegen com qui plora, però alegres, amb una verdor quasi tímida, com el seu pas, ara alentit, com la sang que vacil·la, ran de cor, quan veu en Pere, prop del banc, sota el salze, com ahir i com abans d'ahir.

—Hola... —contesta quan li diu hola, i res de dins no es mostra a la cara quan el mira i callen un moment tots dos, ell amb una mà nerviosa sobre el respatller del banc, on té la cartera, i ella amb els llibres premuts contra el pit que comença a néixer.

El noi balbuceja alguna cosa amb una veu anormalment prima, ho repeteix quan ella parpelleja, gairebé incòmoda per aquella urgència deliciosa del cor que retruca sota la brusa, sota la carn.

—T'he vist de seguida...

—Jo també a tu... —fa amb aquella dolcesa que li puja a la gargamella, i gosa somriure encarada al jardí solitari—. Encara no hi ha ningú.

—No. És massa d'hora —contesta en Pere amb una veu ara confidencial, i ella assenteix, mira cap a l'home de la mànega que els dóna l'esquena.

—M'agrada veure com reguen —mormola, i el noi mou la mà sobre la fusta verda mentre fa que sí amb un aire inquiet, com qui confessa una feblesa quan diu:

—Tot és bonic, en aquesta hora...

—Sí, molt. —Tomba una mica el cos, desplaça un peu—. Se'm fa tard.

—I a mi —lamenta en Pere, i allarga la mà cap a la cartera, es redreça—. Mireia...

—Què? —pregunta la noia a punt d'anar-se'n, i espera.

—També ens veurem, demà?

—Si ets aquí...

—Hi seré sempre —diu el noi amb una gravetat profunda, quasi dolorosa, i ella sent una escalforeta a les galtes i, confusa, l'amaga en girar-se amb un adéu que li reca de pronunciar.

Camina d'esma, tota ella com submergida en una brisa interior que l'acaricia i la gronxa en la seva promesa. Sempre, es repeteix mentre s'allunya cap al col·legi de noies, cap al futur, cap al sempre de sis anys després, quan als dinou un braç li empresona la cintura en el capvespre del parc i, en alçar la cara, els llavis de l'Enric freguen els seus, la besen i mormolen:

—Mireia...

—No —protesta ella que tanmateix no l'ha defugit—. No, Enric.

—T'estimo tant!

—I jo... —li diu, sufocada per tot d'onades tèbies que es desperten no sap on, arreu, i li seguen les cames, la fan aturar-se perquè ell la besi de nou, li desmaï la voluntat a frec de les heures.

No sap què li creix en la duresa tot d'una manyaga de la carn, i el cor se li subleva amb un deler tendral que quasi li humiteja els ulls i li tensa els llavis.

—No t'agrada? —xiuxiueja ell.

—No és que no m'agradi... Però, Enric...

No sap dir-li, no gosa dir-li com tants d'ocells alcen el vol en les pregoneses de la seva intimitat i que no s'aquieten ni en prosseguir camí avall, entre els roserars que maduren la seva olor nocturna i l'afegeixen al perfum del propi cos.

I ara s'arrapa al seu braç amb una flonjor que la subjuga, a la qual es rendeix mentre ell va festejant-la. Com pot estimar d'aquesta manera?, pensa sense pensar, i se'l mira en la penombra, enamorada d'aquest home, d'aquesta veu que li promet:

—Et vull fer molt feliç, Mireia.

Ja l'hi fa ara, en aquest capvespre, quan encara sent als llavis l'escalfor de la boca que parla al seu costat, d'aquesta boca sobre la seva, contra la seva, fa només un moment, el primer de tota una vida...

Un confort que no minva li dura mentre ell l'acompanya fins prop de casa, mentre atura el cotxe a la cantonada i li agafa la mà, avança una mica el cap i s'inquieta pel seu silenci:

—No estàs enfadada, oi?

—No... Però em fa vergonya.

I és potser per fer-l'hi passar que ell s'inclina, ràpid, i li fa encara un petó abans d'acomiadar-se, quan protesta:

—No. Enric, no... Prou...

Després, carrer amunt, li esclata una joia que procura ocultar sota l'expressió quasi adusta de la cara, perquè ningú no n'ha de fer res, d'aquesta frisança, d'aquest trasbals delectable que anirà rebrotant d'any en any i que als vint-i-set, més intens que mai, deliciosament insuportable, l'encén mentre puja furtivament cap a la cambra de l'amant i busca, en el desordre de la bossa, la clau del pis on l'acull la penombra del vestíbul.

Hi ha claror, però, al dormitori cap al qual avança silenciosa, de puntetes, perquè els talons són alts i sorollosos. La finestra, entreoberta, il·lumina el llit on ell dorm, una mà caiguda cap a la vora del matalàs, l'altra al llarg del cos que els llençols, rebutjats fins als peus, despullen del tot. Que n'és de bell, així abandonat, sense consciència d'ell mateix, tan pertorbadorament impúdic, i amb quina passió no el devoren els seus ulls!

Es treu la roba prop d'una cadira sobre la qual la deixa i, nua, contorneja el llit i, per l'altra banda, hi grimpa amb cautela, s'ajaça al costat del xicot que li dóna l'esquena i espera, però no gaire. Mig incorporada, mou els dits cap a l'impuls rígid de la verga, i sembla que dintre seu es fongui alguna cosa quan l'Andreu va girant-se, ensopega amb els seus pits i obre els ulls, els tanca, torna a obrir-los...

—Mireia! —es desperta definitivament, i ella se li abalança, l'abraça—. Has pogut venir...

—Aquí em tens... o em tindràs —quasi riu, una mica ronca.

—Mireia... —torna ell—. Si somniava amb tu...

—Estic contenta, doncs.

L'empunya i el besa, tumultuosa, arrancant-lo de qualsevol vestigi de dormida, i ell li mossega la boca, li palpa les sines, mou una cama com per cavalcar-la, però ella avança el ventre, va enfilant-se-li i, abatuda al seu damunt, quasi gemega:

—Ah, com et vull, Andreu, com et vull!

La sang li circula veloç, la carn se li esponja, humida, i és arreu que se sent fràgil perquè és tota ella que l'estima.

PÚBLICAMENT INDISCRET

La gran emperadriu, mestressa d'ànimes vives i mortes, s'acomiada amb un badall de son que no enganya gens ni mica els cortesans més íntims i, un cop a les seves habitacions, es fa despullar per la cambrera de noble llinatge, confident de flaqueses abundants, es banya amb aigua tèbia i després, perfumada, tan nua com una Eva feta als serpents que drecen el cap sense ira, però amb feresa, separa les cortines del llit que ja escalfava l'oficial de torn, sorprès tot d'una, desagradablement, pels blaus que enfosqueixen les cuixes tan blanques de la sobirana.

—Caterina! —exclama amb la familiaritat que donen les satisfaccions nocturnament compartides i reiterades—. Qui t'ha fet aquestes macadures?

—El francès —sospira la dama mentre escala el matalàs—. És tan vehement quan s'explica i discuteix que no para de donar-me cops, de pessigar-me...

—I com li ho permets? —gairebé s'enfada l'oficial.

—És un filòsof, Sergi.

No sempre, ni a tot arreu.

A l'edat del seny ja una mica entrada, deu tenir uns trenta anys, es casa d'amagat de la família que, al poble, viu davant mateix del gran crucifix destinat a desaparèixer de seguida que les forces cíviques de Langres decideixin substituir-lo per la imatge esculpida del conciutadà il·lustre, i fa aquest disbarat a l'hora més discreta, quan el dia tot just desflora delicadament la nit com ell es prepara a estrenar amb tots els honors l'Anne-Toinette, la bella puntaire que deixa ofici i comerç quan tots dos prometen solemnement al sacerdot matiner i escèptic que no els separaran ni la salut ni la malaltia, que continuaran units per molt que els busqui la sort o els persegueixi la desgràcia.

Ningú no sap res, en aquests moments de cerimònia nupcial, dels humors agres que prosperaran quan falti el pa a taula o quan, més endavant, en Denis, sempre tafaner, es perdi per les intimitats de la tupinera Mme. Puisieux que, diuen, aprofita les excel·lències de la seva ploma per vestir una prosa esparracada; de la voluble però encisadora Mme. de Maux, de la Sophie i qui pot assegurar si d'algunes altres, mai no tantes, tanmateix, com el fogós Lluís contemporani que s'ha posat entre els llençols de les cinc germanes Nesle, la Louise-Marie, la Pauline-Félice, la Diane-Adélaïde, l'Hortensie i la Marie-Anne, totes feliçment maridades, com reclama la moral.

No li ha quedat més remei que passar per l'església, lliurepensador com és i aviat ateu que no s'estalvia petites persecucions quan a *L'Encyclopédie* ensenya massa l'orella i cal que intervingui fins i tot la senyora de les flors blanques a la vulva, Mme. de Pompadour, si vol treure'n més volums amb la complicitat del fill natural de la Tencin, sempre distreta, pel llit, dels seus deures maternals.

De tant en tant rep la visita dels escorcollaires professionals que busquen, amb ordre d'incautar-se'n, el manuscrit de *La promenade d'un sceptique* o qualsevol altre original que, funest i anònim, ja circula per places i carrers i aixeca bombolles en la pell sempre delicada de l'autoritat. És un sequaç obstinat, l'hàbil Mémery, qui a la fi se l'emporta a fer penitència, ni que sigui breu, a la

Bastille. Així ho mana la *lettre de cachet* que en Denis es mira amb repugnància.

Els de l'Acadèmia, que li podrien fer costat, no li faran mai ni l'ullet mentre somriuen falaguers, d'orella a orella, a tantes mediocritats que observen tots els sacraments, però el bon senyor d'Arouet, sempre a distància prudent d'on s'ordena el millor de tots els mons possibles i ben entretingut per les calideses de Mme. de Chatelet, li envia alguna missiva simpatitzant entre escaramussa i escaramussa amb els jesuïtes, aquests subtils i impertinents argumentaires que han acabat d'esmolar l'enginy i d'afinar la capacitat polèmica des que un Jansenius d'estricta petulància predicà més l'obra que la gràcia.

L'Anne-Toinette remuga entre els fogons i el safareig on s'acumula la roba bruta, però Denis xerra pels descosits així que treu els peus de casa i no para de procurar-se llibrots saberuts que, abans de morir, vendrà a la Caterina. No tot és lletra impresa o manuscrit de lectura pausada: freqüenta uns quants *boudoirs* flairosos de femella poc rentada i no li falten els mals pensaments, les sospites desassossegadores: i si la dolça Sophie, ja ben granadeta, s'inclinés cap al safisme que tantes afeccionen i no fos innocent de passions incestuoses? No parla massa, i amb un excés d'amor, de la Marie-Charlotte, la seva germana?

Els recels li fan viure hores turmentades mentre es baralla amb Jean-Jacques, tan amic de confessions enutjoses i comprometedores com familiar amb els hospicis; mentre prospera la fredor que el separa de Condillac, aquest sacerdot que, segons és fama i possiblement mentida, tot just ha celebrat una missa en tota la seva vida professional; mentre consulta el bon metge Théodore Tronchin o distreu Pierre Rousell de la redacció del *Système physique et moral de la femme.* Si el primer s'esforça a tranquil·litzar-lo, el darrer es mostra caut:

—Aquest, estómac, amic... Caldria vigilar-lo de prop.

I salta l'Anne-Toinette, sarcàstica:

—Jo prou li ho dic, però s'afarta fora de casa...

—Si sempre quedo malament! —protesta ell, ofès—. L'altre dia, a la taula del banquer filòsof vaig renunciar a la perdiu...

—Què m'has de dir. La devies trobar poc adobada! —se li'n riu la dona, i se'n va a treure l'orinal.

Pierre, normalment la discreció en persona a despit de l'objecte dels seus estudis, que l'obliguen a posar el nas arreu, ho aprofita per documentar-se:

—És cert això que conten de la pixera de Mme. d'Aine?

—En podeu estar segur

—Hi éreu, potser?

—No hi podia pas faltar.

—A l'esquena del seu *croque-Dieu,* diuen...

—Ja veig que no us falta informació... Se li havia enfilat a coll-i-be, saltant des d'una cadira amb les faldilles ben arromangades, i del panxó de riure que ens vam fer en veure la cara que el mossèn hi posava, se li orinà damunt, sí. Ja sabeu, d'altra banda, com és de trapella aquesta dona.

—Sí, massa i tot... Bé —conclou el doctor—. Pel que fa a vós, no gaires vins i res de picant si voleu superar aquestes molèsties que us preocupen. Afegiu-hi, de tant en tant, un bany de peus en aigua salada.

Però de molèsties en té d'altres tot i que les complaences de Malesherbes li eviten ensopegades que podrien ser greus quan nous escorcolls li desordenen els papers. Potser busquen, se li acut, tots aquells sermons que ell, el descregut, redacta per un missioner amb poca oratòria o les notes que li ha inspirat la revocació de l'edicte de Nantes... Se li escapa una ganyota que fa exclamar a l'agent:

—Sou d'una impertinència!...

—Encara no ho sabeu prou.

—Feu-hi broma!
—Us veig tan capficat...
—¿I què esperàveu quan no pareu d'atacar els bons costums, l'ordre establert?
—Hauríeu de saber que cap inquisidor no ha pogut salvar-lo, quan era injust i hipòcrita la moral.
I se li tomba d'esquena. És l'hora del passeig, d'entrar a beure alguna cosa, ja procurarà que sigui ben fluixeta, amb els amics, de discutir-hi encara aquest dissortat La Harpe que més tard, quan ja no el pugui llegir i buscar-li raons, escriurà que mai la naturalesa no s'havia ocultat tant com quan ell se n'ha fet l'intèrpret...
En surt eixerit, però amb la boca eixuta i, per tal de compensar-ho, la té tancada tota la nit, quan, mentre l'Anne-Toinette ronca a la cambra del costat, apunta un parell de reflexions que no vol oblidar i tot seguit escriu a la Sophie, ara absent de París:
«El meu cos t'enyora i et desitja el meu esperit, però ben bé podria desplaçar els verbs de cada substantiu o afirmar enyor i desig ensems de l'esperit i de la carn, l'un i l'altra el teu Denis enamorat que voldria fondre els dies fins que tornis.»
O aquest altre paràgraf:
«Capturat, és cert, per la gràcia carnal, mai no em podràs fer retret de cap excés quan els teus llanguiments prolonguen les dolces agonies dels sentits i exalten la teva beutat. Res no és tan delectable com ser-hi apassionadament sensible.»
Les austeritats del pensament mai no l'han privat de les llicències que autoritza un voluptuós comerç, però sempre és tan circumspecte amb el llenguatge com audaç en els seus projectes. Només els viatges li vénen costa amunt, i ja és ben tard que fa alguna escapada al bressol per tal de veure's, mort el pare, amb la germana que s'ha quedat per vestir sants o amb el germà intractable que lluu sotana. Més li costarà decidir-se a travessar tot un

continent per omplir de cardenals unes cuixes règies que, si no s'hagués entretingut tant, potser s'haurien cenyit al seu entorn...

París és el seu paisatge.

De tornada, darda pels carrers i carrerons, parlant amb ell mateix quan no té interlocutors, contempla meditabund l'aigua del Sena, lenta però implacable com les seves cabòries, s'atura a veure com brosten els arbres dels *quais* que tan sovint l'han protegit del plugim, o rumia l'obra pòstuma que avança sense pegues.

Es va fent vell de debò entre la cara de prunes agres d'una muller que tanmateix prenyà i les bromes a Croismare que desemboquen en *La religieuse.* Ja carregat d'espatlles i feixuc de cama, va apregonant el seu saber quan ha tocat tantes matèries i és un dia qualsevol, a taula, mentre es menja les sopes preparades per l'Anne-Toinette, que una veu li diu:

—Ja sóc aquí, Denis.

I Denis es queda immòbil un moment. Després, la cullera rebota en el terra i el rostre s'inclina, cau, sobre el plat. Un dau, en algun lloc, anul·la i confirma l'atzar.

MARIANNA, ARA I MAI

«Aquesta nit em farà sang», et dius, pàl·lida i humida, agenollada en la fredor de la llosa. Oh, quina vergonya i quin rubor, quines ales al cor en veure que s'atansava pel camí de Serpa, amb el teu germà Baltasar, del qual es féu amic, i has corregut a la capella ara deserta i ombrívola, on preguntes:

—Me'l dónes, doncs, senyor?

I Déu calla, com de costum.

—Ell decidirà —digué Noel al locutori, abans d'anar-se'n a vèncer espanyols—. Si torno, és que vol que siguis meva, Marianna. Meva del tot.

—No blasfemis... —t'estremies.

On és Andalusia? A quantes llegües de distància?, t'interrogaves mentre a l'altre cap de parlador sor Beatriu, de Coimbra i noble de família com tu, encisava els disset anys del seu tercer galant, frare menor.

Camí de la cel·la, sor Maria, agradablement escotada fins al solc de la pitrera, potser tan generosa perquè ha tingut marit i, per excessos d'ardor, no té família que li hagi afeixugat el ventre, et sospira a cau d'orella:

—Com t'envejo el cavaller!

—Calla —et queixes.

I ella no riu, però els ulls li brillen quan, llicenciosa, et palpa la gropa i afegeix:

—No has vist com munta a cavall? I més destre deu ser amb les eugues, Marianna.

—Calla... —repeteixes, vermella de galtes, acalada la vista sota les parpelles.

Reses a la cambra moderadament austera, d'on has fet sortir la Peregrina que hi jugava, i t'entren suors i esgarrifances, la pell et tiba a l'esplanada del ventre i no saps què et fogueja en la dolcesa dels llavis. T'aixeques i enfonses en l'aigua de la palangana el rostre encara encès, t'aboques a calmar-hi la impaciència dels mugrons, però dius:

—Que me la prengui!

Ah, Noel, senyor d'armes que rendeix fortaleses, entra per l'esquerda dels meus murs i, dins, no m'estalviïs...

—Mare... —diu sor Simona que la veu parpellejar, com inquieta—. No es troba bé?

—Sí, filla.

—No li falta res?

—No, res. Gràcies, filla.

Els teus planys d'amor corren per Europa, corren pel món, tothom sap que, tancada en el convent de Santa Clara, on entraves als dotze anys, has cridat l'il·lustre comte de Chamilly Saint-Léger, i l'ha cridat la teva carn des d'aquelles nits de tempestes foguejades que obrien horitzons des del capvespre a l'albada, quan, furtiu, en Noel se n'anava i, en sortir de la cel·la, com de tu mateixa absent i d'ell ja enyorada, una germana et besava, una altra et somreia amb dolçor i et deia sor Maria:

—Ai, Marianna! Quantes llegües no deveu haver fet, si tant t'ha fatigat el cavaller...

I tu llavitancada amb l'una i amb l'altra, totes les altres, des que et despulla i, en la tebior del llit que us acull, et besa el ventre i et besa els pits i et besa la boca i et besa la ferida que no es tanca i et besa tota i mormola:

—Marianna... Vaig guanyar combats i batalles, vaig

rendir ciutats perquè només pensava en tu i et veia nua. I, de tornada del setge d'Alcárria de la Puebla, he rebentat cavalls per ser més de pressa al teu costat i al teu damunt.

Llavitancada des que t'abraça i t'eixampla i et mulla, mentre mormoles tu:

—Noel... Potser Déu no ho vol, perquè calla, però jo sí que et vull.

Llavitancada des que et toca i t'obre i tu, fendida, te li arrapes, gemegues:

—Noel meu!

Llavitancada des que en tu reposa o es mou, tan lent, i t'acarona i torna a besar-te en la palpitació del coll com perquè no sentis la sang que et brolla sota seu i diu:

—Que dolça que ets, Marianna! Si sabies com m'agrada cavalcar-te, que em cavalquis!

Llavitancada des que el gaudi et sorprèn i augmenta i es renova d'abraçada en abraçada, des que sospires:

—¿Per què m'enamores tant, amant, que m'oblido de tot?

No sap encara que el goig és més curt que l'amor, com li diu quan Noel l'ha abandonada i com podran llegir arreu homes i dones que ploren o reproven, admiren i envegen o blasmen l'heroi que a Greve comunicarà al seu enemic, Rubenhaupt: «Senyor, de grat acullo les dones que m'envieu, ben poc sorprès que, a la vostra edat, no les hàgiu volgut retenir.»

—De debò no necessita res, mare?

—De debò, filla. Ara dormiré una estona.

Ara tanca els ulls, es morirà als vuitanta-tres anys, al cap de mig segle d'enyorança, tancada al convent de Mertola, quan l'amant ja fa temps que reposa en terra i ja no viu tampoc Peregrina, la germana que aleshores tenia quatre anys i, les nits d'amor, des de l'altra alcova de la cel·la, potser mig adormida, sentia les queixes prolongades de la seva voluptat; al cap de mig segle de discutir-te cada dia amb el Senyor que mai no ha parat de dir-te:

—Vas pecar —mentre tu no paraves de protestar:

—Vaig estimar.

PRECISIONS SOBRE DUES ESPÈCIES

És totalment fals que els plecs perseguissin els narquis, com han dit amb una ben poc recomanable lleugeresa alguns especialistes mal informats. Un autor anònim del segle vintè conta que, durant la seva infància i els primers anys de la seva adolescència, n'havia vist a l'Aranyó, on totes dues espècies duien una vida retreta i fins i tot amagada. És possible, ens assabenta amb precaucions força honestes, que els narquis emigressin a la tardor, quan era fama que buscaven rectories abandonades però encara amb ferum de majordona, mentre dóna seguretats que els plecs ho feien a darreries de primavera i, normalment, en nits de plugim.

Solien freqüentar, en aquell poblet de la Segarra, pel qual mostraven predilecció, els anomenats pallers de pedra, i és a una de les dues espècies que hom atribueix la desaparició de la falç que antigament hi havia hagut, com testimoniegen contalles que han anat passant de generació en generació. D'altra banda, aquesta és l'única malifeta de què es feren culpables, potser per raons de conservació que mai no han estat esbrinades o que, si se saben, són discretament callades per la gent que en tenen el secret.

Durant les estacions de coincidència al llogarret, s'escampaven fins a l'hort de can Sala, on entraven sempre per la paret de darrera, baixa, evitant doncs curosament la porta de doble full, metàl·lica, el pany de la qual era habitualment ocupat per una reduïda però amenaçadora població de vespes. Sovint, a l'hora foscant, i si no bufava la marinada, pujaven cap a les primeres cases, sense que mai no fossin inquietats per ningú. Raríssimes vegades entraven al poble, ja sia pel carreró que frega els murs de can Janet i, a l'altra banda, de can Sala, ja sia per l'arc de can Roca, però no solien passar de la placeta del castell; tan sols un cop baixaren cap al cul de sac que formen can Caterí, can Novençà i la casa on es feia col·legi, segons relació no escrita de la mestressa de minyons que, mentre els nens i les nenes complien una penitència, els observà des d'una finestra i no féu res per foragitar-los. El fet és que hom els respectava per un hàbit comú de netedat, força notable en una terra tan eixuta. És possible que, en algun cas, s'apoderessin d'aigua de les cisternes, sempre en quantitat prou modesta per no perjudicar els habitants, però en general preferien la de la bassa pública on feien callar les granotes, o la dels dos dipòsits de l'hort ja esmentat, argilosa de mena pels terrenys que travessava.

No es va saber mai que hi hagués rivalitats entre les dues espècies, i és raonable que així fos si tenim en compte uns factors que molts autors negligeixen: els règims alimentaris diferien i, quant a la procreació, el caràcter dels òrgans sexuals d'uns i d'altres no sembla que permetessin acoblaments que haurien pogut ocasionar batusses entre els mascles. Els narquis, d'allò més pudorosos, s'unien per la boca en contactes brevíssims, si bé múltiples, mentre la copulació dels plecs era de naturalesa doble, atès el membre bifurcat de què gaudien els mascles i les dues entrades vulvars de les femelles, horitzontal una d'elles i vertical l'altra. Aquesta singularitat fa que, potser erròniament, hom els tingués per extraordinàriament lascius bo i la infreqüència dels coits, sempre força laboriosos i, cal dir-ho, més prolongats que els de la majoria d'espècies animals.

Tots els autors que se n'han ocupat coincideixen en aquest extrem: les dues espècies tendien a ignorar-se mútuament. I, no fa gaire, un d'ells ha expressat la idea, ben curiosa, que, de fet, *no es veien*, si bé podien sentir-se quan els plecs proferien el seu cant de primavera, una mica estrident, que precedia de poc l'emigració, i els narquis la seva queixa o gemec de cap d'any, en el qual eren puntualíssims encara que fos de traspàs o bixest. Més inconsistent és la impressió, cal dir que defensada per molt pocs, que podien metamorfosejar-se i passar d'una espècie a l'altra en qüestió de dies o, a tot estirar, de setmanes; els n'havia de privar, argüeixen els més sensats, una estructura òssia de tipus fossilitzat que caracteritzava els plecs.

Totes dues espècies, vingudes s'ignora d'on, feren la seva aparició quasi simultàniament, cap a darreries del dinou, però no hi ha la mateixa coincidència de criteris pel que fa al moment de la desaparició. Segons totes les evidències, els narquis van extingir-se cap als anys vint del segle vintè, mentre els plecs resistiren encara entre tres i quatre dècades.

Dissortadament, no es conserven exemplars de cap de les dues espècies; mai no n'hi ha hagut, puix que no es deixaven capturar. Àgils i esmunyedissos els uns i els altres mentre vivien, mai no se'n trobà cap de mort. En algun moment, això féu que fossin tinguts per immortals.

NECROLÒGICA

Qui li deu haver pagat l'esquela? De família no en tenia. Ni germans ni germanes, i era solter, sense fills. ¿O potser, si encara viuen, les cosines que tan breument van fer vida marital amb nosaltres? Llavors, a part d'elles, ja només li quedava l'àvia materna. Els pares l'havien abandonat als set anys. Van fugir tots dos el mateix dia, ignorant cadascun d'ells que l'altre se n'anava. La mare, que aquell matí sortí amb el cabàs de la compra, ja no tornà de la plaça; va escapar-se amb el veterinari. El pare fou vist per darrera vegada quan, als afores de la vila, pujava al cotxe de línia amb una noia rabassuda que ningú no coneixia.

M'ho contava durant els moments de calma, al front, quan ja havíem intimat sota els cadàvers dels dos companys de patrulla i del caporal que van salvar-nos la vida sense haver-s'ho proposat. Les bales feien un pac pac sord, tètric, en penetrar en els cossos i quedar-s'hi mentre l'Artemi i jo, arraulits, ens enfonsàvem en el terra moll dels nostres orins. Mai no havíem pixat tant. Ens hi vam passar vint-i-quatre hores i de tornada, bruts d'excrements i de sang, el tinent ens volia fer afusellar. Estava convençut que havíem intentat de passar-nos a l'enemic.

Era un temps miserable, de casc i baioneta, d'energúmens amb estrelles que no paraven d'aquissar-nos amb l'esperança de convertir-nos en coladors. Però en el futur hi havia les cosines valencianes que havien deixat la masia per tal de fer-se cartutxeres en una petita indústria local. I, abans, les ferides que ens salvarien la pell. Quasi exterminada la companyia mentre gemegàvem a l'hospital, se'ns incorporà després a una unitat que descansava a tres quilòmetres del poble natal de l'Artemi, on les noies vivien amb la vella, anarquista de tota la vida i protectora de futurs capellans. Totes dues tenien el tall lleugerament desviat de la vertical, la Remei cap a l'esquerra, la Carme cap a la dreta. Curiosa singularitat que potser els venia de família! Però l'Artemi mai no s'atreví a preguntar-ho a l'àvia.

Durant prop de tres mesos cada dia, havent passat llista de retreta, fèiem el camí a peu. Solíem trobar-les al llit, encara despertes i a l'espera de la ració diària. Totes dues eren calentones i sucoses i els agradava de canviar d'home. Ens acomiadàvem a l'alba, amb una darrera abraçada que havia de sostenir-les fins a la nit, si no era que de tant en tant una d'elles, mai totes dues plegades, no pujava a les golfes a confortar el seminarista que la dona hi tenia amagat. Però això no vam saber-ho fins molt més endavant.

De tornada al campament, reprenien les contalles. A l'Artemi li agradava remenar la seva biografia, aleshores encara curta. Tots dos érem de la lleva del trenta-nou. En la seva vida sempre hi havia hagut, i continuaria havent-hi després, alguna connotació clerical. Als nou anys ja jugava a metges i pacients amb la neboda del vicari, als catorze va aprendre els jocs de llit entre els llençols d'una majordoma que li feia asclar llenya i l'envigoria amb vinets missaires, als setze treballava en una cereria freqüentada per les beates del barri. Entre la majordoma i els ciris pasquals havia passat per una crisi temperada pels sarcasmes de l'àvia que, de més jove, havia llogat cadires a l'església...

Vam haver de separar-nos quan unes febres de diagnòstic complicat van aconsellar d'evacuar-lo a Barcelona i em deixà usufructuari de les tavelles en diagonal i a mercè de les converses repetitives de la vella que solia ensopegar-me si, algun cop, em llevava a orinar. Dormia poc, o mai, i no era pas per protegir la virtut de les nebodes. Li agradava, ben al contrari, que mengessin per la seva fam. Es trobaven en l'edat, com deia cada vespre.

A ella ja no la veuria mai més. Ni les cosines que, el darrer dia, van acompanyar-me fins al campament. I de l'Artemi no n'havia de tornar a tenir notícies fins al cap de vint anys, quan coincidírem en un bar de les Rambles. Venia de l'exili, em féu saber. Havia fugit a França quan les tropes colonials encalçaven els fugitius Catalunya amunt, va escapar-se del camp de presoners on l'havien tancat, va formar part de la resistència de seguida que s'organitzà, va viure amb una monja exclaustrada d'ascendència jueva que els alemanys capturaren durant la retirada i, després de la victòria aliada, es casà amb una periodista nord-americana, la qual cosa li va permetre de traslladar-se legalment al país dels ianquis, d'adquirir-hi la ciutadania, de divorciar-se i de muntar una agència de *call-girls*. El negoci se saldà amb un empresonament de dos anys, i ara tornava a ser aquí, de visita, a veure com pintaven les coses.

Devien pintar-li prou bé si al cap de tres anys me'l vaig trobar de nou, aquest cop amistançat amb una vídua de gropa i de mamelles ofensives per mitjà de la qual havia entrat en relació amb un canonge, no va confiar-me de quina seu, que se servia d'ell per adquirir tota mena de textos herètics, fossin del temps que fossin. Viatjava doncs amunt i avall d'Europa, regirant racons de llibreries, explorant biblioteques privades, amb la comesa suplementària de no negligir tampoc les obres llicencioses dels segles disset, divuit i dinou, un altre *hobby* del monsenyor, home de calers llargs, que dissimulava amb un notable enginy eclesiàstic.

Més endavant ens vam veure tres o quatre vegades, irregularment, entre viatge i viatge. Anava posant panxeta i es quedava sense pèl. L'últim cop vivia amb una italiana més o menys vagament emparentada amb un cardenal que entre els setze i els vint la protegí de mans més laiques. Ara en tenia una trentena, dirigia un negoci de turisme a Barcelona i ell, que havia partit peres amb el canonge per culpa d'un exemplar de la *Bibliographie des ouvrages relatives à l'amour*, de Gay-Lemmoyer, es dedicava provisionalment a temptar rectors de poble per encàrrec d'un traficant en antiguitats religioses.

Potser va agafar-s'hi els dits, perquè tot d'una va desaparèixer i, en fer la seva reaparició, ja en temps de mànegues més amples, es limità a dir-me, amb una vaguetat desacostumada i amb un gest reticent, que les seves activitats professionals l'havien obligat a moure's molt. Però ara, afirmà, ja es quedava definitivament entre nosaltres i acabava de muntar un negoci, una casa de relax, va precisar-me. Tenia contractades les cinc noies més boniques d'Europa i dues americanes sense parió, una d'elles una quarterona de color olivaci que, per l'harmonia del seu cos, no admetia comparança amb cap altra femella de l'espècie, del color que fos. Va assegurar-me que cap home no podia veure-la sense sentir una necessitat irreprimible de tirar-se-la, motiu pel qual anava pel món pràcticament disfressada.

Abans de separar-nos em lliurà una targeta de contingut sobri i em va fer prometre que el visitaria. Hi vaig anar al cap de tres setmanes o una mesada i em va fer els honors de la casa després d'haver-me presentat quatre de les noies que en aquells moments no oficiaven. Totes eren joves i atractives, és veritat, però no pas més que les d'altres establiments selectes. La mestissa sí que era una altra cosa. Totalment caucàsica de faccions, tenia una boca tan voluptuosa i una curvatura d'anques tan atrevida en l'esveltesa del seu físic, obsequiat d'altra banda amb unes mamelles contundents i una regularitat de gropa impressionant, que per força els homes hi havien de perdre el senderi. Ja ho feien set anys enrera, quan era una mocosa de tretze anys, al poble d'on tots dos érem fills. S'havia dit Guillemina i ara es deia Ovòdia. A Amèrica no hi havia estat mai, i va riure quan la vaig reconèixer i ella també em recordà.

Ningú no hauria dit, a primera vista, que allò era un bordell. Piletes d'aigua, banys espaiosos, tauletes de massatge, dutxes perfumades, butaques d'un confort excessiu, amables tamborets, divans acollidors... Cap llit. Li vaig lloar el gust, la discreció, a l'Artemi, però em vaig quedar de pedra quan obrí una darrera porta: era una habitació no gaire gran, amb les parets empaperades de porpra i d'or, una taula pupitre, unes quantes lleixes de llibres piadosos, sumptuosament relligats, i un confessionari! El sacerdot, que em saludà amb un gest del cap, tenia al seu davant, obertes, *Las moradas*, de Santa Teresa.

No vaig dir res, és clar. Ja s'explicaria. Ho va fer al seu despatx, on va servir-me un wisky escocès abans d'allargar-me un diari, del qual m'assenyalà un anunci que deia: «Relax. Set massatgistes especialitzades. Assistència espiritual permanent.» Seguia un número de telèfon.

En alçar el cap em va fer l'ullet i em va dir que li interessava d'atreure una clientela adinerada i devota que normalment no freqüentava aquests establiments i fins i tot solia abstenir-se de la fornicació. Eren gent que vivien amb el sant temor de morir en estat de culpa i ara ell els oferia la possibilitat de confessar-se immediatament després de l'acte o dels actes comesos amb les noies; d'abreujar, doncs, la distància temporal entre la falta i el perdó. Havia aconseguit interessar dos sacerdots que es rellevaven durant les hores de treball.

No eren il·lusions que es forjava, afegí en adonar-se del meu escepticisme. Alguns peixos grossos de la beateria local ja havien picat. És clar que alguns tenien estranyes, incomprensibles exigències quan volien per exemple que la noia amb la qual havien folgat es confessés també. Per sort, els sacerdots es negaven a escoltar-les, a elles, amb l'argument que ningú no pot penedir-se de l'exercici de la seva professió.

Es mostrava somrient, eufòric, sense imaginar-se ni poc ni gaire que es trobava a tres o quatre minuts de la mort. Perquè tot d'una es van sentir crits aïrats, hi va haver un rebombori, com si en algun lloc remenessin mobles i, en sortir del despatx, ens vam trobar cara a cara amb un individu com d'uns cinquanta anys que va precipitar-se contra l'Artemi amb una mena de rugit. Entre les noies i jo l'hi vam treure de les mans quan semblava a punt d'escanyar-lo, però se'ns escapà, l'agredí de nou amb tot de vociferacions, el meu amic va caure prop d'on l'ensotanat es recuperava d'algun directe massa enèrgic a la mandíbula, puix que se la fregava... i ja no s'aixecà.

Després vam saber que havia tingut un atac de cor. Aleshores ja havien acudit la policia, el metge, uns quants veïns i l'Ovòdia m'havia mormolat el motiu de la indignació del client: en voler confessar-se havia descobert que el sacerdot era, de fet, un antic xofer de la seva fàbrica, acomiadat, precisament, per les seves irreverències. L'home era algú important, havia ocupat càrrecs durant el franquisme, i hom ofegà l'assumpte, del qual ni tan sols no parlaren els diaris. Per això m'estranya, i continuo preguntant-me qui devia pagar-la, aquesta esquela:

«L'Artemi Pernous i Rigobens, animador cultural, ha estat cridat pel pare. Que no ens oblidi, en la glòria.»

LA SUBSTITUTA

1

Toooc. Toc. Toooc! Obre.

Al cap de tres segons ja l'ha aplanada contra el muntant de la porta amb una mà que li garfeix el coll sota mateix de la barbeta, que alça, i l'altra que li palpa, de pressa i minuciosa, el cos i l'interior de les cuixes. Va neta.

—No m'havien pas dit que em faries aquesta rebuda. O és potser que estaves impacient? —es queixa la noia en reprendre la respiració, uns moments abans d'ajupir-se a recobrar la bossa-portamonedes que se li ha escapat dels dits en ser agredida.

Ell, però, la hi arrabassa en silenci i, separant-se'n una mica per tal de vigilar-li els moviments, l'escorcolla. Pintallavis, dos mocadorets, una polvorera, cigarretes, encenedor, una pinta, unes claus, un bitlleter amb pocs diners, un diafragma... Ni un sol paper.

—Qui ets? —pregunta amb sobrietat.

—Com, qui sóc! —el fita la noia—. ¿No m'has fet venir?

—Jo?

—Has demanat una noia bruna, llarga de cuixes i amb bons pits...

L'arrossega més endins i tanca la porta, però continua interrogant-la al rebedor mentre li torna el portamonedes.

—A qui?

—A qui vols que sigui?... No ets en Windham? —s'interromp.

Assenteix mudament i, subjectant-li el braç, se l'emporta cap al líving, on la deixa per tancar la televisió en la qual algú parla d'un huracà que amenaça Califòrnia. Ella, que mira al seu entorn, s'asseu al divan de prop de la finestra, i és dret que el noi la repassa de dalt a baix amb un aire estranyat.

—A veure si ho entenc... —comença—. Segons tu, he demanat una noia a una agència.

—És un servei telefònic —el rectifica—. La volies bruna, llarga de cuixes i...

—Ja ho has dit —la talla ell—. Però no he demanat ningú.

—Per què sóc aquí, doncs?

—M'agradaria saber-ho... Per què has fet una trucada llarga, una de curta i una altra de llarga?

—Tal com m'han dit —li somriu ella—. Perquè sabessis que era jo, la puta.

Es grata la closca amb una expressió perplexa i s'asseu en un tamboret de cul de boga, al seu davant, amb els genolls que quasi freguen els genolls que ella conserva juntets. Hi clava l'esguard i, deliberadament, allarga les mans i li apuja les faldilles fins a la carn de sobre les mitges, on toca les tanques dauradas, en forma de cor i gruixudes com una moneda, del portalligacames.

—Ja m'ha semblat que tenien una forma poc corrent, en escorcollar-te —li comenta en un to més amable.

La noia, que no ha fet cap gest per privar-lo d'exposar-la, abaixa també l'esguard cap als petits metalls, torna a alçar-lo i pregunta:

—Per què tanta brusquedat? Em podies haver fet mal... —i es toca la part alta de la gargamella.

—Una precaució. Per si venies armada.
—El clàssic punyal a la mitja? —se li'n riu.
—O una pistola —li contesta ell—. Com et dius?
—Laura.
—No he demanat cap noia, Laura... En el millor dels casos, t'han enredat.
—L'adreça i el nom són correctes, oi? —li fa observar la noia, però el xicot sacseja el cap.
—No n'hi ha prou —objecta, i enretira les mans sense que l'hagin tocada—. No he demanat cap noia —repeteix—. I una com tu potser tampoc no me la podria pagar sense quedar escurat.
Ella encreua una cama sobre l'altra, amb les faldilles encara alçades sobre la faixa de les mitges, i torna a examinar el seu entorn: les parets d'un gris perla, les tres reproduccions de Degas, Renoir i Utrillo, el llum que penja sobre la taula, el moble-biblioteca amb una colla de volums i tot de revistes, la lleixa per al tocadiscos, el robust tres peus que aguanta el televisor, l'altre llum, de peu, ran de la tauleta amb el telèfon, les dues plantes d'interior...
—No? —fa, sorneguera.
—No et fiïs de les aparences. També tu enganyes força. Discretament maquillada, vestida simplement i amb gust, ni massa escotada la brusa ni massa cenyides les faldilles... De debò has rebut una telefonada?
—Jo, no; el servei. Em volies a les vuit.
—Encara falten deu minuts.
—Exacte. He estat puntual. Des de les vuit a les nou. Mil dòlars. Sense limitacions. Ho trobes car?
Però ell, que ha anat canviant d'expressió, no contesta. És amb un somriure tan distès com el seu que li proposa:
—De moment et puc oferir una copa, si vols.
La noia repenja més l'esquena en el divan, torna a desencreuar les cames sense preocupar-se gens ni mica de

les faldilles que continuen despullant-li les cuixes mitges amunt, se'l mira com entre encuriosida i pensarosa i, a la fi, mou el cap amb un gest afirmatiu.

—Si tens whisky... Em quedo, doncs?

—Si no hi ha més remei... —arronsa ell les espatlles—. Si no, potser tindries dificultats amb el teu servei telefònic —i recalca les darreres paraules.

—No, cap. No depenc de ningú. No tinc alcavotes.

Ell, que ja s'ha girat cap al moble-biblioteca, fa córrer la porteta que tanca la lleixa de sota, en treu una ampolla gairebé plena i dos gots llargs i estrets, d'un color verd fumat.

—Gel?

—Un dau, si no et fa res.

Ho deixa tot sobre la taula, desapareix per una porta interior, davant de la del vestíbul, i reapareix amb un petit cubell de metall i una pinça amb la qual serveix els glaçons abans d'abocar el licor. Li allarga un dels gots, s'asseu altre cop al tamboret i, amb la mà que té lliure, abaixa les faldilles de la noia fins als genolls. Ella el deixa fer i, maliciosa, comenta:

—Et torbo...

—Déu n'hi do —reconeix.

—Són prou llargues? —i torna a apujar-se la roba, separa lleugerament les cuixes.

—I ben fetes —completa el xicot, beu un glop—. ¿Vols fumar?

Es treu el paquet que duia a la butxaca de la camisa, però només hi queda una cigarreta i s'aixeca a buscar-ne un altre. En tombar-se de nou, la noia s'ha descordat dos botons de la brusa i enfonsa els ulls en la profunditat del solc mentre, havent deixat la copa a terra, li allarga la cigarreta, la hi encén.

—Gràcies.

Fumen, beuen, es miren, i la noia diu:

—Ets atractiu. Saps que m'excites?

—No tens l'obligació de dir-ho a tots?

—No. De complir i prou —precisa ella—. ¿Per què m'has fet aquella escena, en entrar? —insisteix.

—No ha estat divertida?

—No ho has fet per això. Esperaves algú altre, oi?

Ho nega amb displicència, com amb poc convenciment, es treu la cigarreta de la boca i li assegura:

—Deus ser el bo i millor que hi ha. Bonica, ben feta, puta... Una mica més de whisky?

—No. —Deixa el got prop del telèfon, hi fa caure la cigarreta, toca el divan, al seu costat, i li demana:

—Vine...

Ell es beu la darrera glopada i, sense moure's, li toca el turmell i va fent pujar la mà pel tou de la cama i fins al genoll, on el moviment s'atura. Pondera:

—Em dius que no tens alcavota... ¿Com funciona, aquest telèfon?

—Hi ha una telefonista que recull els missatges i concreta les cites per nosaltres.

—Vosaltres?

—Som set noies, ara. Si en lloc d'un nom li dónes una descripció, la telefonista avisa la que més hi correspon.

—I avui t'ha trucat i t'ha dit: hi ha un Windham que vol una noia de cuixes llargues de vuit a nou...

—Si fa no fa.

—I quan no sou a casa? —s'interessa ja dret, quan diposita el got damunt la taula i apaga la punta de tabac contra el cendrer.

—Les crides queden enregistrades. Vine...

Ara, quan l'obeeix, separa una mica l'esquena del respatller perquè pugui abraçar-la i alça el cap, amb la boca sota la seva. El noi pregunta:

—Et puc besar els llavis, doncs?

—Em pots besar tot el que vulguis.

—Tant?

—Tant. Ja t'he dit que m'excites...

Però ell encara no aprofita la invitació. Sense escurçar la petita distància que separa les dues cares, la immobilitza sense violència amb el braç que l'envolta, amb l'altra mà que li subjecta l'espatlla.

—Laura... En aquesta casa hi ha una colla d'apartaments... Hi pot haver un altre Windham.

—No ho crec. M'han dit el Primer C, aquest... ¿És de veres que no m'has telefonat?

—No. Però ara ja ets aquí, i m'agrades encara que siguis tan mentidera.

—Com, mentidera?

—Em dius que estàs excitada...

—Ho pots comprovar.

—Deus ser una bona professional —diu el noi—. Potser un amic m'ha volgut fer un obsequi.

—De mil dòlars a pagar tu?

—Hi ha gent que gasten aquesta mena d'humor.

—És veritat.

No sembla gens preocupada, té el rostre encara alzinat i ara, quan ell afluixa l'estreta que l'empresonava, avança més els llavis i els esclafa contra la seva boca. El noi la hi fa obrir per dardar-hi la llengua i, amb la mà, li busca les mamelles sota la brusa. Ella mormola:

—Em despullo?

—No. M'agrada més el desordre de la roba.

Se'n separa, torna a asseure's al seu davant, al tamboret de boga, li palpa les cuixes que s'han separat i, baixet, afirma:

—No ets una puta.

—Sí.

Els ulls el contemplen amb sorpresa i les mans baixen fins a les seves, les cobreixen i van arrossegant-les amunt, cap al triangle blau pàl·lid de l'entrecuix.

—Sempre ets tan amorosa? O, més bé: ¿sempre t'importa seduir?

La noia mou el cap, incrèdula:

—De què t'estranyes? Ets jove, ben plantat... Quan puc bé he d'aprofitar-ho...

—Aprofitar què, Laura?

—El plaer —i amb un moviment ràpid abandona el divan, es deixa caure damunt dels seus genolls i l'abraça—. No t'agrada donar bo a una dona? Em sembla que...

La interromp el timbre del telèfon que l'obliga a aixecar-se quan ell fa un moviment, però l'aparell truca un sol cop i el noi, ja dret, renuncia a agafar-lo. La noia, que ha recollit la bossa-portamonedes, li demana:

—On és el bany? Em posaré el diafragma...

Surten per l'esquerra, li obre una porta a la dreta, li encén el llum i, en girar-se i cedir-li el pas, ella el subjecta per un maluc, el cenyeix contra seu i, d'instint, avança el ventre, introdueix una cama entre les seves. El noi la besa, va repenjant-la contra l'envà, i ella li diu:

—De tant en tant, m'agrada que em facin l'amor molta estona...

—No tens un amant?

—No.

Li passa les mans cap a darrera, les fa lliscar per la trinxa dels pantalons, dels calçotets que troba sota, i li prem les natges per aplanar-lo més contra seu.

—I tu?

—Ara, tu. Una amant cara.

—Ets discret... i indiscret.

Li enretira les mans del cul i les puja cap a l'esquena, però després l'allunya una mica, li descorda la camisa i li acaricia el pit abans d'abraçar-lo i besar-lo un altre cop.

—Tinc moltes ganes de tu... Deixa que em posi el diafragma.

—No corre cap pressa, Laura.

—No? —el toca ella.

—Recorda que t'has de quedar fins a les nou.

—Més, si vols. No tinc cap altra cita.

Ell li mossega el coll, el lòbul de l'orella.
—Fas molts homes cada dia?
—Mai més de dos.
—T'agrada fer de puta?
—No m'importa. No hi deus anar gaire, tu, amb noies com jo.
—Rarament.
Li obre més la brusa i ella li acaricia la nuca mentre el xicot li besa els mugrons que es drecen, foscos, però de seguida els seus dits van lliscant pels braços i, amb els ulls closos, li agafa una mà i la hi prem amb força mentre sospira:
—Deixa'm...
Espera fora que ella es prepari i quan la porta, només ajustada, es torna a obrir, l'agafa en braços per dur-la altre cop al divan, on la deixa amb les sines que s'han escapat de la brusa i s'agenolla en el terra per besar-li la nuesa del ventre, el relleu de la vulva, la qual abandona quan algú, fora, truca toooc, toc, toooc.
—No obris... —fa ella.
Però el noi ja camina cap al rebedor, cap a la porta, sense ni pensar a cordar-se la camisa. En obrir, l'Emma, que és al llindar, li diu:
—Hola.
I, sense entretenir-se, penetra en el pis mentre ell tanca la porta, entra en el líving, on s'atura en veure la noia que, amb la roba desordenada, s'arrauleix en el divan. Es mira en Windham quan el noi quasi ensopega amb ella, torna a desplaçar els ulls cap a la Laura, la saluda amb una lleu inclinació del cap i, travessant sense una paraula, s'endinsa per l'altra porta. El xicot la segueix fins al dormitori, on ella es gira i se li adreça:
—Ja veig que se m'ha avançat.
—Quina combina és aquesta? —es queixa ell—. Sense avisar-me...
—Vine —diu l'Emma.

El fa anar fins a la finestra, assenyala cap baix, al carrer, on un xicot molt jove i rabassut es mira les revistes exposades al quiosc.

—Em segueixen des d'ahir, i a la cantonada, al bar, o potser a la granja, n'hi deu haver un altre per a tu.

—Policia? —pregunta amb un fil de veu.

—No ho crec. Detectius.

—I ella —assenyala cap a l'altra banda de pis—, quin paper hi juga, en tot això?

—Traurà el material sense saber-ho.

—Però si em vigilen —objecta el noi—, l'han vist entrar, saben que és aquí...

—Hi ha quaranta-vuit pisos, Windham. No poden saber on van o si són d'altres pisos els qui entren i surten. I ella no té res a veure amb nosaltres, és una de tantes noies que fan homes. S'han demanat els seus serveis des d'un telèfon públic per si els nostres estaven intervinguts.

—No m'agrada gens.

—Ni cal que t'agradi. La impressió és que no van darrera el material, del qual potser ni saben res, encara, sinó darrera l'organització. Volen arribar al cap, i confien que nosaltres els hi portarem. Per això hem d'evitar qualsevol contacte directe. Tu procura que s'ho emporti, que algú o altre ho recuperarà.

—I nosaltres, mentrestant? Tu i jo...

—Som amics, amants... Sortirem plegats, passejarem una estona, ens posarem en un cinema, ens dedicarem als nostres afers professionals i no res més. Fins que se'n cansin.

—D'acord. Però a ella no la puc deixar així, ara.

—No, ja he vist que les coses estaven força avançades —assenteix sense somriure, amb un deix reprovador—. Vés, tira-te-la, però no us entretingueu més del que cal. Ah, i que se'n vagi quan nosaltres ja siguem fora. Ens endurem la vigilància.

En Windham retrocedeix fins a la porta de l'habitació i, ajupit, prem lleugerament un indret de l'envà, ran de muntant, i, dessota la fusta, fa saltar els petits rectangles de cel·luloide mentre l'Emma s'estira sobre el llit. Enllà del passadís, entra al lavabo i, de la banqueta on l'ha deixada amb les calces, agafa la bossa, l'obre i enfonsa la pel·lícula entre el paper platejat i l'embocall exterior del paquet on queden tres cigarretes.

La Laura, al líving, s'ha cordat la brusa, s'ha abaixat les faldilles i seu en una de les cadires de la taula, però quan ell se li atansa s'aixeca i diu:

—Ja entenc que me n'he d'anar...

—No. Però no ens podrem quedar fins a les nou.

Passa darrera la tauleta del telèfon, d'on fa lliscar un calaix estret que no es nota i compta mil dòlars que deixa sobre la taula. Llavors l'abraça.

—Si encara en tens ganes...

—Sí... Però i ella?

—No t'hi amoïnis. És una col·laboradora, una delineant —improvisa—. Sóc enginyer.

—M'ha mirat d'una manera...

Li tanca la boca amb els llavis, la Laura se li arrapa i a poc a poc l'arrossega cap al divan, però a punt de caure al seu damunt el noi se li resisteix i li demana:

—Vine. Hi ha una altra habitació.

Se l'enduu a una cambra menuda, davant del lavabo, on només hi ha un llit estret, amb una lleixa clavada al mur en lloc de tauleta de nit i una cadira baixa sota la finestra interior, es despulla mentre ella es queda sense faldilles, li descorda novament la brusa i, cenyint-la per darrera, li engrapa els pits i es prem contra les seves natges.

—Ho vols, així? —xiuxiueja.

La Laura assenteix i, obrint-se, s'inclina endavant, amb els braços cap al llit i la gropa alçada, però quan ell la hi acaricia amb els palmells i s'hi entreté, s'entregira, redreçant-se, per tal de donar-li els llavis. Entre dues besades rectifica:

—No, munta'm. Vull besar-te tota l'estona...

No és fins després, quan la deixa a la porta de la cambra de bany, encara nua, que li diu:

—No cal que corris. Nosaltres ens en anem de seguida, però mentre tanquis la porta en sortir...

I s'allunya cap al dormitori, on l'Emma, en veure'l, abandona el llit i pregunta:

—Tot bé?

—Tot bé —contesta ell bo i obrint l'armari per treure'n una camisa neta, uns altres pantalons, i la noia fa unes passes cap a la finestra, espia el carrer.

—Encara mira revistes —comenta—. No té tanta sort com tu; s'ha d'acontentar amb noies de paper.

2

Ha sentit el cop de la porta quan encara seia al bidet, al mirall ha vist el senyal vermell que li ha deixat la boca d'en Windham a frec de la iugular, s'ha tocat amb dits lleugers els llavis inflats per la passió de les besades, i ara, havent-se pentinat, però sense vestir-se, entra al dormitori on la noia esperava mentre folgaven, torna a la petita cambreta on ordena el llit i es posa les faldilles; visita la cuina, molt menuda, i descobreix una altra habitació, amb una taula alta, de dibuixant, i uns plànols enrotllats; surt de nou al líving, on s'asseu i fuma una cigarreta, però després s'aixeca i examina els títols de les lleixes. Ensopega amb un volum: *Women in love,* que enretira. En un extrem del prestatge de sota hi ha un bloc i un llapis i escriu: «M'enduc un Lawrence.» I afegeix un número de telèfon.

Arrenca el full i el deixa sobre la taula, esclafa la cigarreta contra el cendrer, recull els mil dòlars, els desa a la bossa amb el llibre i abandona el pis.

Com que hi ha poques escales no espera l'ascensor, que funciona, i baixa a peu fins a l'entrada. Ja fosqueja i, davant mateix de l'edifici, veu un taxi que deu haver acabat de deixar un viatger, s'hi precipita.

—A Collier's —diu en pujar-hi.

El vehicle engega, se separa de la vorada, penetra en el corrent de la circulació, s'atura en el semàfor de l'avinguda i després, quan l'ha enfilada, tomba cap a la dreta i entra en la xarxa de carrers d'Antic Market, on el cotxe alenteix, sembla a punt d'aturar-se, reprèn una mica de velocitat, alenteix de nou prop de la cantonada de Rogent, on el taxista es queixa:

—Això no funciona. Ja és la segona vegada que falla, avui...

—S'ha espatllat? —pregunta ella.

—Ho sembla. No té força... —diu.

Va arranant-se més a la vorera, atura el motor. Deixa el volant amb una renec i, fora, aixeca el capot, toca alguna cosa i, en redreçar-se i tornar cap a la portella, explica sense precisar:

—És un contacte... Més valdrà que baixi i n'agafi un altre. No li cobro res, naturalment.

Fa un gest indecís per ajudar-la a baixar, tanca la porta al seu darrera, i és llavors, quan ha fet dues passes, que algú l'empeny amb força cap a una entrada fosca on li cal subjectar-se a la paret per no caure. Són dos que l'agredeixen i contra els quals prova de defensar-se amb la bossa mentre obre la boca per xisclar, però ja ha fet tard. Veu el puny que s'alça, sent l'impacte contra la barbeta i, encara, com rellisca cap al terra, on ja arriba sense coneixement.

En recobrar-se es troba estirada en un entrant del sota escala, la brusa oberta, amb dos botons que li han saltat, i les faldilles arregussades fins prop de la forca.

Li han arrencat les calces, se li ha desprès una de les tanques del portalligacames i la mitja li penja sota el genoll. Es toca l'entrecuix, però es troba eixuta, sense cap rastre de semen. No sembla que l'hagin violada.

La testa li batega dolorosament per efectes del cop, i li retruca més quan s'aixeca sota la llum groga, escassa, que una bombeta filtra des del replà de més amunt. El portamonedes li ha desaparegut.

Recull el cassigall de les calces, retingut per un camal, s'arranja com pot la roba, amb la brusa ben tibant des de la cintura perquè els pits no li saltin i, una mica vacil·lant, surt al carrer, on el taxi que atura la posa en presència d'un home bigotut que li pregunta mentre l'examina:

—Li ha passat alguna cosa?

—M'han atracat.

—Vol que la porti a la comissaria?

—No; no duia gairebé res.

Un cop a casa li cal treure el conserge del seu cau perquè li obri la porta del pis, fer-li baixar els diners de la cursa al taxista, beure's una copa per si li fa passar la tremolor de les cames. Al bany, es despulla tota, s'examina i es palpa minuciosament. No hi ha cap macadura al cos que els assaltants han respectat, però té un petit tall, potser fet per un anell, a la barbeta envermellida i massa sensible quan xopa un cotó amb alcohol i el passeja per la ferida on la sang ja s'ha estroncat. El cap li fa més mal, ara, i es pren dos analgèsics abans d'anar-se'n al dormitori, on s'ajaça sobre el llit, nua.

Torna a llevar-se al cap de poca estona, quan es posa una camisola curta, blanca, que enretira de sota el coixí, on era plegada, i comprova si en la seva absència li han deixat cap missatge. Res.

Amb les cames ja segures, se'n va a la cuina a preparar-se un parell d'entrepans que es menja allí mateix, sense gana. Es beu en canvi quasi amb avidesa una coca i tot seguit es trasllada a l'habitació que anomena l'estudi, però deixa tranquil·la la televisió, no posa cap disc, sinó que fulleja una revista mentre es fuma una cigarreta.

Tot just són les onze un quart de dotze quan torna al dormitori i s'ajaça sense tancar el llum. Van adormint-la les remors que pugen del carrer, la ululació d'una ambulància, el xiscle d'una frenada, la sirena de la policia... S'ha de llevar un cop a orinar, quan pels finestrons entrebadats de la finestra ja entra el dia, però torna a adormir-se, i ja són dos quarts de nou, veu al rellotge, quan la desperta el telèfon i una veu d'home li demana:

—Voldria hora amb la Laura.

—La Laura? —no atina—. Qui és?

—Windham.

—Ah, Windham! —acaba de deixondir-se i es redreça fins que es queda asseguda, amb els genolls blegats—. Sóc jo mateixa.

—Vaig trobar el número que em vas deixar, però em creia que era el del servei...

—No, és el meu.

—Ahir al vespre vam deixar les coses sense acabar...

—N'estàs segur?

—Del tot.

Entre les seves paraules sent una remor, com si passés una moneda, i se n'estranya:

—Des d'on em truques?

—Des de la granja on he baixat a esmorzar. Sembla que el meu telèfon s'ha espatllat... ¿Quan et puc tornar a veure?

Reflexiona un breu moment i va repenjant l'esquena cap al coixí mentre allarga una cama.

—Ara, si vols. Vine.

—A casa teva? Tenia la impressió que no hi rebies ningú.

—Normalment, no.

—No puc, Laura. Hi ha la feina... ¿Què et sembla, a la nit, al meu apartament?

—Windham... —fa aleshores—. ¿Qui eren aquests homes?

Novament la remor d'una moneda que salta i la veu que vol aparentar sorpresa:

—Quins homes?

—En sortir de casa teva dos xicots m'han assaltat, m'han escorcollat de dalt a baix i m'ho han pres tot.

—Els mil dòlars?

—Tot, et dic. M'han esquinçat la roba, m'han tret les calces i em deuen haver mirat la vagina... Què buscaven?

—Com vols que ho sàpiga, Laura? ¿Ho deus haver denunciat, oi?

—No, no ho he denunciat. No m'agraden els tractes amb la policia. I suposava que em donaries explicacions.

—Precisament jo?

Va projectant les cames cap a fora i abalança una mica el cos fins que es queda asseguda al caire del llit.

—Sí. Tot és molt estrany, Windham... Aquesta tarda no m'esperaves, m'has immobilitzat per assegurar-te que no duia cap arma, i després ha vingut aquella noia que no ha semblat gaire sorpresa en veure'm... ¿En què m'has complicat?

—Jo?... No sé de què em parles, Laura.

—Sí que ho saps —insisteix ella, i plega una cama sota l'altra—. Que sigui una puta no fa necessàriament de mi una estúpida. També sé lligar caps.

—No em vols veure més, doncs?

—Sí, et vull veure.

—Però em retires el teu... el teu afecte.

—Mai no havia sentit que se'n digués així... Depèn, Windham. Depèn del que em diguis.

—I què vols que et digui? —puja una mica la seva veu—. T'han atracat i... t'han fet mal?

—No, o molt poc. Un cop de puny perquè no em resistís. No m'han violat, si et refereixes a això. No els interessava jo, sinó alguna altra cosa. I no parlo únicament dels diners.

—Laura, cada dia assalten molta gent, ho saps...

—Sí, però a aquesta gent no els espera un taxi que després té una avaria molt oportuna on els esperen dos forçuts. Perquè tot devia estar convingut.

—No entenc res —diu la veu de Windham sobre el fons d'una altra moneda—. ¿Per què ho relaciones amb mi, tot això?

—T'ho acabo de dir. Les circumstàncies de la nostra cita... De primer no hi he donat importància, m'ha fet gràcia i tot, i entre això i que de seguida m'has fet més peça que no et mereixes... Sigui el que sigui, no està bé, Windham. Em vas pagar, sí, però ja vas veure que no fingia, que de debò tenia ganes de tu...

—Em sap molt greu, Laura. Vull dir que jo... Ara se m'han acabat les monedes, però ja parlarem.

—Quan?

—Et tornaré a trucar de seguida que pugui. Aviat...

La comunicació es talla i la noia allunya lentament el telèfon de la seva orella, torna a impulsar-se cap a l'interior del llit, consulta de nou l'hora, més de tres quarts de nou, s'espera uns quants minuts i, quan es lleva, se'n va a la cuina a preparar-se un vas de cafè amb llet.

3

L'Emma, que l'ha anat a esperar a la sortida de Cork, Ltd., l'empresa publicitària d'on aquesta setmana no plega fins a quarts de vuit per les urgències d'una campanya que vol assegurar-se, l'escolta mentre pugen per Cover Road i, quan li parla de brutalitat, pondera:

—No era inevitable? I si no li van fer mal...

—Però la van colpejar... ¿I per què li havien d'examinar la vagina, per exemple?

—Podia portar-ho amagat allí.

—No —la contradiu ell—. A una noia que la fas sortir amb el microfilm sense que en sàpiga res, no l'hi pots col·locar en cap indret del cos. Ha de ser al portamonedes, en algun objecte del portamonedes, com vaig fer. Em sembla que n'hi havia prou amb arrabassar-l'hi.

—No ha passat res, Windham. No sé de què t'amoïnes —el tranquil·litza la noia—. Ara sabem que ho hem aconseguit. És una feina de professionals... Seguem uns minuts, vols? —li proposa—. Vull veure si continua el seguiment... Després et convidaré a sopar.

Li prem la mà, li somriu i es desvia cap al banc, des d'on, amb naturalitat, mira a una banda i l'altra en instal·lar-se.

—Van plegats —diu aleshores—. Perquè suposo que l'altre també ho és. Un per a tu i un per a mi.

Ell ni es tomba.

—Em temia que escorcollarien el pis, anit. Podien haver-ho fet en veure que ens posàvem al cinema...

—Per buscar què? No en saben res. Ja t'ho vaig dir, els interessa que els portem a l'organització... si hi ha una organització, perquè ni d'això no deuen estar segurs.

—Però per què s'han anat a fixar en nosaltres? Em costa d'entendre, no hem fet cap imprudència...

—Sempre se'n fan. Detalls aparentment sense importància... —Es decanta més cap a ell, ben arranada al seu cos, i li demana—: ¿Per què no em passes el braç per l'esquena? Més val que creguin que estem enamorats. També em pots besar, si vols.

En Windham l'enllaça per damunt del respatller del banc i, mentre ella li agafa l'altra mà, diu:

—Et trobo molt consentidora...

—Te'n queixes?

—No.

—Encara estàs preocupat, oi?

—Tu, no?

—Se'n cansaran en veure que no passa res, que perden el temps. Tres o quatre dies més, una setmana...

Però ell es mostra escèptic.

—Si fins i tot han intervingut els telèfons...

—És una suposició, Windham.

—I després hi ha la Laura.

—La Laura?

—Sí, aquesta noia. Em demana explicacions.

—No tens cap necessitat de tornar-la a veure. Ja has fet massa i tot en telefonar-li per assegurar-te que... que el material havia canviat de mans. O és que potser t'interessa per d'altres motius?

—No és això, Emma.

—No ho dius gaire convençut, i ahir prou engrescat que estaves, no et creguis que no me'n vaig adonar... Però hi ha d'altres dones.

—És una proposició? —li somriu ell.

Però l'Emma mou el cap.

—Ja saps que no. Pots abraçar-me, besar-me, si les circumstàncies ho aconsellen, com ara, però aquí s'acaba tot. De manera que si t'invito a sopar no és perquè et vulgui al llit.

—Ja sé que només ets promíscua amb les dones.

—Com tu! —i ara riu.

Windham, que la prem amb més força, li atansa la cara, li besa la comissura dels llavis i quan ella, en separar-se, hi passeja la punta de la llengua, torna a besar-la, aquest cop a plena boca.

—T'agrada?

—Per què no m'ha d'agradar?

—Si ets lesbiana...

—Tens uns llavis molt femenins... Però anem —fa—. Ara ja hem comprovat que els portem darrera.

Prossegueixen per Cover Road amb les mans agafades

i, més amunt de l'avinguda que travessen, s'endinsen pel barri de Jockey fins al carrer de Mantis, curt i estret, gairebé desert ara que les botigues ja han tancat. La noia obre el tercer portal i dalt, al segon replà, la primera porta. És un pis menut, amb cuina, bany, dormitori i una habitació plena de pòsters que fa d'estudi, de sala d'estar, i on en Windham se serveix un vermut mentre ella, que no en vol, se'n va a la cambra a canviar-se de roba.

Des del llindar, on es repenja després d'haver acabat de badar la porta només ajustada, observa els seus moviments quan ella es treu el vestit i, només amb calces, s'inclina a deixar-lo i es tomba quan el noi li diu:

—Tens un bon cul.

—Qui t'ha donat permís d'entrar?

—No he entrat... I uns pits ben bonics.

—Ets molt tafaner, Windham.

—Et molesta que et vegi, potser?

—No. Però què en treus?

—La bellesa sempre conforta. I si em volies confortar mentre sopem...

—Vols que em quedi nua?

—No demano tant. Però ni vestida ni despullada... Sigues complaent, Emma.

La noia mou el cap, s'adreça a l'armari, d'on treu una perxa per al vestit i, després de penjar-lo, una mena de camisa que, en posar-se, li cau tot just fins al baix ventre.

—T'està bé, així?

—Si no et cordes els botons...

L'Emma tanca l'armari i camina cap a la porta, d'on el noi se separa per seguir-la cap a la cuina, on acaba de beure's el vermut bo i observant els seus moviments quan ella treu unes conserves de la nevera i prepara llavors una amanida.

—Gentilment oscil·len... —mormola i, quan ella el mira—: Tens els mugrons llargs.

—No t'animis, Windham.

—No; em desanimo.

S'asseu davant la tauleta, on la noia li deixa el pa i uns embotits perquè llesqui uns entrepans i, en veure-la inclinada, comenta:

—Et deuen pesar, tan molsuts...

—No insisteixis.

—No sé com ets tan puritana —es queixa el noi, però ella protesta:

—No sóc puritana, però una cosa porta a una altra i, de debò, no tinc ganes que em facis l'amor.

—Te'l puc fer com una noia —s'ofereix.

—T'ho penses.

—Si no ho has provat...

Li toca l'anca i, quan ella resta quieta, esmuny els dits entre la roba de les calces i la pell i li palpa la gropa. La noia se separa i, sense indignació, diu:

—Ets com una criatura.

Abandona la cuina i, quan torna, duu una ampolla i els gots que també deixa sobre la taula abans d'asseure's.

—I ara ni una paraula més.

—Quina és la gràcia de veure't si no em deixes parlar? Hauries d'estar contenta encara que siguis lesbiana. No en parleu, vosaltres, del boniques que sou?

—Em sembla que no és el mateix... No sé on vols anar a parar, Windham.

Ell, sense beure, deixa el got que havia agafat, s'inclina un xic cap a la noia:

—En el fons del fons, i encara que sigui sense gaire esperança, dintre teu, Emma. O sigui al fons.

—Al fons de qui sigui, oi?

—No ben bé.

—És clar que sí. Ara, si et deixava, de mi. Ahir d'una puta i demà...

—Probablement de la mateixa puta.

La noia suspèn el gest i el fita com preocupada, amb els ulls empetitits.

—No ho deus dir seriosament...
—Per què no? Li agrada, és càlida, i si l'he de tornar a veure...
—És que no l'has de tornar a veure! —l'interromp l'Emma, enèrgica—. Ja has estat prou imprudent. I els homes, quan us embaleu, parleu més del compte.
—Parlarem d'altres coses, Emma, d'aquestes coses de què no puc parlar amb tu —contesta—. No t'amoïnis per mi.
—M'amoïno per tots. M'has dit que et demana explicacions... Què li pots dir sense exposar-nos i fer-nos mal?
—No t'enfadis.
—És que m'indigna aquesta lleugeresa. ¿No te la vas tirar ahir? Doncs dona't per satisfet.
—No saps res dels homes —l'acusa el noi—. D'algunes dones en necessites més.
—Un cony és un cony!
—Si ho creus així, podem fer un tracte: el teu pel d'ella. Què et sembla?
—Que te n'hauries de donar vergonya. Ara m'ofens!
A poc a poc s'han anat animant, la noia s'endureix i, de cop i volta, com si acabés d'adonar-se de la incongruència d'aquella discussió mentre seu al seu davant amb una roba que tan malament la tapa, s'aixeca per sortir de la cuina. Quan entra de nou i s'asseu en silenci, duu una bata llarga fins als peus.
Ell, capcot, mormola:
—Perdona.
La noia fa un gest que hi vol treure importància, sembla que s'hagi asserenat i la seva veu és altre cop tranquil·la, ben controlada, quan al cap d'unes quantes mossades parla:
—Queda entès que tot era una broma...
—Si vols que et sigui sincer, potser no.
—Vull dir això de tornar a veure aquella, la Laura.
—Però i a tu què t'importa —es molesta ara—. ¿Que

t'ho dic, jo, quines han de ser les teves freqüentacions?

—No és el mateix. Li van donar una cita, la vas pagar i vas fer tot el que havies de fer.

—No tot el que volia fer. Tu m'esperaves.

—Ja m'has entès.

—Però tu a mi, no.

—Jugues amb foc, Windham.

—No hi tornem, Emma!

—Doncs hi torno. Tens unes responsabilitats.

—Ho desenfoques tot. T'imagines que li he de dir: doncs sí, mira, gràcies a aquests papers que vam poder obtenir, microfilmats, tanquem la boca a una autoritat que ens podria perseguir... No sé quina idea t'has fet de mi.

—L'únic que sé és que per poc que diguis serà massa. A tu et sembla que amb unes quantes mentides se soluciona tot i no vols veure que en cada mentida hi ha una parcel·la, per petita que sigui, de veritat. Per començar, admets allò que no hauries d'admetre: que hi ha hagut una acció... I aquesta Laura deu ser una bocamolla, com totes les del seu ram.

—I tu què en saps? —protesta encara en Windham—. Quantes n'has conegudes?

—Cap. I ni ganes.

—Doncs fes-me el favor d'estalviar-me les teves suposicions.

Enfadats i tot, acaben de sopar, però l'abreugen quan ell refusa les postres i ni tan sols s'entreté a fumar una cigarreta amb l'excusa que, aquesta nit, encara vol treballar una estona. És quasi fredament que s'acomiaden a la porta, d'on l'Emma torna cap a la cuina, recull els estris de damunt la taula i ho ordena tot abans d'anar-se'n al dormitori, on es treu la bata i es vesteix altra vegada. Fa una mica de temps al lavabo, on es contempla amb un esguard sever, el mateix que conserva quan abandona el pis.

Al carrer no veu ningú i camina cap a la cantonada, en ser a la qual tomba amunt, fins prop de Maly, on entra al bar. Demana un cafè al taulell, se'l beu sense pressa i, al cap de deu minuts, salta del tamboret, surt amb un bona nit al bàrman que la coneix i, carrer enllà, s'arriba a la placeta i penetra a la cabina telefònica. Disca un número, espera que el timbre truqui a l'altra banda, interromp la comunicació, el repeteix. A la quarta trucada, algú alça l'aparell.

—Done? —fa immediatament.

—Digui? —és la pregunta/resposta.

—Sóc la Fanny.

—Sí.

—Hi és en Joe?

—Ara l'aviso —diu la veu.

Introdueix una segona moneda a l'aparell i, al cap de dos segons, una altra veu pregunta:

—Mary?

—Done?

—Jo mateix.

—La meuca de les vuit... Saps qui vull dir?

—Sí.

—Sobra.

—Ah! —i la veu sembla desconcertada—. Algun fet?

—S'han fet amics. Es diu Laura.

—D'acord. Ens en ocuparem.

Pengen tots dos alhora i ella recull les dues monedes que l'aparell li torna.

4

Toooc. Toc. Toooc.

Aquesta vegada no l'arramba al llindar per escorcollar-la, sinó que li cedeix el pas mentre bescanvien un hola i la noia, sense esperar la invitació, entra directament al líving on, dreta, li diu:

—Ja em pensava que no em volies veure...

—He estat una mica enfeinat.

—Així m'ho has dit.

Hi ha un llibre amb un punt de lectura sobre la taula, s'hi atansa, el gira per tal de mirar el títol i, quan el deixa, el noi ja és al seu darrera i la subjecta per la cintura. Però ella s'allibera i, seriosa, l'assabenta:

—No és com l'altre dia, avui.

Aquest vespre duu unes faldilles curtes i estretes de roba de texans i una caçadora que es treu i penja al respatller d'una de les cadires. Però també és al divan que s'instal·la mentre ell es queixa:

—Ni un somriure?

Quan la noia no contesta, s'inclina una mica al seu damunt, li alça més la barbeta amb els dits i comenta:

—Ja no es nota res.

—Era una simple esgarrinxada... Però per què? No va ser accidental.

—No.

—Per què? —repeteix la noia.

—No et vull dir mentides...

—I tampoc no em vols dir la veritat —acaba ella.

En Windham retrocedeix una mica, contempla un instant els genolls i les cuixes que ella cavalca, avui sense mitges.

—Mira, Laura...

—No em dic Laura.

—Ah! Però tu em vas dir...

—Em dic Gustave.

—Gustave? No és un nom francès, d'home?

—El meu pare era un gran admirador de Flaubert. I a mi m'agrada. La Laura és la noia que havia de venir.

Li explica que la telefonista passà el servei a la Laura, també llarga de cuixes, bruna i ferma de pits, i que fins més tard, quan la noia va trobar-se amb una incidència familiar inesperada que la privava d'acudir a la cita, no va demanar-li si ella, Gustave, podia substituir-la.

—Són favors que ens fem entre nosaltres. I em sembla que tu hi vas guanyar.

—No és maca com tu?

—Totes som maques. Però ella té una petita piga, prop dels llavis, que al meu veure no l'afavoreix gaire... Que jo fos una substituta, em fa pensar que no anaven precisament per la Laura, sinó per la noia que sortia de veure't i que responia a la discripció diguem anatòmica. És a dir, que no era res personal.

—És clar que no.

—No gens clar —el contradiu ella—. De tota manera, et va sortir malament. Allò que fos, m'ho van prendre. Era molt important?

Ha alçat la cama que muntava sobre l'altra i repenja el taló contra la vora del divan, en aparença sense importar-li que ara, en aquesta posició, mostri les cuixes fins a la taca blanca de les calces, però quan en Windham hi llambrega amb interès, sense contestar la seva pregunta, el repta:

—No has de mirar res, ara.

El noi s'allunya fins a la taula a buscar el paquet de cigarretes, atreu el tamboret amb el peu i, assegut, torna a contemplar-la mentre la invita. Però ella refusa. En Windham torna a clavar els ulls en el triangle de roba, els desplaça fins a la seva cara.

—Ho fas a posta, oi?

—Sí.

—També en tens ganes?

—No. En podria tenir. Depèn de tu.

—M'ho fas difícil, Laura... vull dir Gustave.

La noia abaixa la cama i torna a muntar-la sobre l'altra sense parlar. En Windham encén, treu fum.

—Et puc assegurar que no has de témer res. No et

vaig posar en cap embolic, com vas acusar-me per telèfon.

—No et vaig acusar. Preguntava. I se m'ha acudit que, sense que en tingui cap culpa, em podríeu fer pagar que no tot sortís bé.

—Va sortir bé, Gustave —es decideix ell, i la noia es mou endavant, l'expressió li canvia.

—Ah! Vols dir...

—Vull dir que vas fer de correu entre les persones que calia... Ja entenc que estiguis ressentida. Van ser una mica barroers amb tu.

—Una mica! —exclama—. M'agredeixen, em deixen sense sentits, i dius que només van ser una mica barroers...

—Ja ho sé, ja ho sé! —la calma ell—. Però ja veus que en perill no hi vas estar mai.

—Però per què jo?

—Tu o una altra, ja ho has dit. Em calia lliurar una cosa que jo no podia treure d'aquí perquè algú em segueix.

—I la teva amiga? No em vaig creure gaire que fos una delineant que col·laborava amb tu, i ara no m'ho crec gens...

—També la segueixen.

—Te la tires?

—No. És lesbiana.

—Mira, mira! —sembla que es burli ella, i torna a enseriosir-se—. Fas espionatge, potser?

—No.

—Droga?

—No.

—Armes?

—Tampoc.

Branda el cap, fa una pipada a fons, s'aixeca a deixar la cigarreta al cendrer i, d'esquena, continua:

—Fet i fet, no sé per què t'ho amago. Ara els esbossos ja han arribat a lloc.

—Esbossos?
—Uns plànols. És un assumpte industrial. A algú li importa molt donar-hi un cop d'ull... ¿Qüestions de competència, saps? —afegeix en girar-se.
—No. A la bossa no hi havia cap paper, quan me'n vaig anar d'aquí. Ho sé perquè vaig obrir-la.
—No eren papers. Tres microfilms.
Gustave calla mentre ell se li asseu al costat i allarga la mà cap a les seves cuixes, la fa pujar cap a l'engonal per sota la mica de faldilles. La noia es mira les seves maniobres sense protestar ni defugir-lo i diu:
—Encara no ho entenc. Que et seguissin no t'havia de privar de donar aquests plànols a qui fos.
—Bé... —vacil·la el noi—. A aquesta competència que et dic li importa saber exactament qui s'encarregarà del... projecte. Si ho saben, poden trobar mil maneres de fer-li la punyeta, de boicotejar-lo. —Li puja la mà pel cos i, per sota la brusa sense mànegues, que més aviat sembla una samarreta, li palpa les sines—. Són coses en les quals no entro ni surto, jo.
—Ningú no ho diria —li objecta la noia, però ell prosegueix:
—Sóc un tècnic, un enginyer. M'encarreguen una feina i la faig tan bé com puc.
—Ara en fas una que no t'ha encarregat ningú —li fa remarcar Gustave, i a l'acte afegeix—: No et crec, Windham, no et puc creure. Sé que no em dius tota la veritat.
—T'he dit tot el que sabia.
—Hi ha d'haver alguna altra cosa.
—Quina?
—No ho sé... Va ser idea teva, fer treure aquests plànols per una puta que després els teus amics assaltarien.
—No. No vaig estar segur de res, vull dir que havies de ser tu, fins que va venir l'Emma.
—La teva còmplice.

—Sí. Ja vas veure que no t'esperava, que et vaig escorcollar...

—També m'escorcolles ara —li somriu sobtadament ella—. Potser per costum?

—No, no és per costum.

—Però deus buscar alguna cosa...

En Windham li atansa els llavis a l'orella, li diu:

—Tinc ganes de muntar-te... Vols?

—Són mil dòlars, ja ho saps. I hi ha els mil dòlars que em van prendre.

—M'hauràs de fiar, Gustave. Tants no els tinc, en aquest moment.

—No. Aquesta mercaderia, si no la pagues de seguida, no la pagues mai.

—Em pensava que em trobaves atractiu... —argüeix el noi.

Ella alça el braç i, amb una mà, li estarrufa els cabells amb un gest enjogassat.

—Ho ets, Windham, ho ets.

—Doncs?

—Però jo sóc una puta. I em sembla, sense modèstia, que una puta deliciosa. Això es paga. Fins i tot em sembla que t'hauria de fer pagar més, a tu. Si et desitjo i em dónes bo, em gaudeixes més, no?

Ara atansa la cara a la seva, l'abraça i, mentre frega una boca contra l'altra, alça una mica el cos i, amb l'altra mà, es fa lliscar les calces. Ell diu:

—Només en tinc mil quatre-cents setanta i tants, aquí...

—És poc, Windham. En vull dos mil.

—I no podries fer una excepció?

Gustave alça una cama, l'altra, per enretirar del tot la peça i després la hi passa per la cara i riu.

—Anem al dormitori. Allí en parlarem...

5

«S'ha identificat ja el cadàver de Miriam's Lane, de la descoberta del qual donàvem compte en les nostres informacions de darrera hora de l'edició matinal, quan feia poc que un veí, resident al carrer Clus, havia trobat una dona morta en un contenidor de les escombraries. Alertada, la policia va poder comprovar que la víctima presentava un tall profund a la iugular, causa probable, es va creure, del decés. S'ha comprovat la naturalesa mortal d'aquesta ferida que la deixà pràcticament sense sang i el convenciment dels agents quan assenyalaren que amb tota probabilitat fou assassinada en algun altre lloc i posteriorment traslladada a Miriam's Lane i introduïda al contenidor després d'haver-la despullada.

»Fou poc després de l'emissió televisiva de primeres hores del matí que la víctima va poder ser identificada. Es tracta, segons dues declarants, veïnes seves, de Laura Camomonti, italiana d'origen, de vint-i-dos anys, soltera, residenciada a Drive West i *call-girl* de professió. El capità del grup d'homicidis encarregat de l'enquesta, Richard Torton, no creu que es tracti ni d'un crim passional, com de primer s'havia insinuat, ni fet amb objecte de lucre bo i que l'assassí o assassins s'apoderessin de qualsevol objecte, cartera i bossa, que en aquell moment podia dur la noia. Es pensa més aviat en una venjança, potser en relació amb les activitats de la víctima. El capità Torton, confia en un ràpid progrés de la investigació, però es mostra reservat quant a les pistes que la policia segueix...»

Alça el cap del diari i va apartant-lo del seu davant fins que reposa en la taula, obert per la tercera pàgina, però contempla encara les dues fotografies que acompanyen la informació: la Laura familiar, somrient amb la seva picardia acostumada i la Laura desconeguda, amb els ulls mal closos, les faccions com caigudes i, a la boca, un rictus que el fotògraf de la policia va saber captar amb una precisió lancinant. Els ulls se li passegen d'una imatge a l'altra i, quan els tanca, és lentament que va inclinant-se cap al respatller de la cadira, una mà encara sobre el diari de la nit que llisca quan l'enretira i cau a terra, escampat i amb la pàgina que es doblega com per ocultar, finalment, les faccions de la morta.

Tarda a fer un gest cap al telèfon i és quan anava a agafar-lo que el timbre es dispara. La noia, des de l'altra banda, pregunta:

—Gustave?

Ella assenteix, muda, i cal que la noia del servei repeteixi el seu nom perquè ho confirmi:

—Si, sóc jo, Annie.

—Has vist el noticiari de la tele, aquest matí?

—No, però acabo de llegir el diari.

—L'han identificada?

—Sí, és la Laura.

—No me'n sé avenir —fa la telefonista—. Cada cop que hi penso, i des d'aquest matí no paro de pensar-hi, se'm posa la carn de gallina... Qui ho pot haver fet?

—Un salvatge, Annie. Com tu, també estic trasbalsada.

—Tot just devia sortir d'una cita, quan l'han matada. Ho dic per l'hora... Són coses que no s'entenen. Quina pena! —sospira—. Però no et telefonava només per això, sinó perquè demà has d'anar a Venice 67, apartament quaranta-cinc. Un tal Robert, que deu ser un client nou.

—Pel cap baix, en conec dos.

—No deu ser cap d'aquests, perquè m'ha demanat una noia llarga de cuixes, mamelluda, morena... Per cert que això m'ha recordat que dies enrera un altre em va demanar el mateix. Se m'acudí de pensar en la Laura, com podia haver pensat en tu... És curiosa la coincidència, oi?

—Sí... —mormola ella—. ¿Quan t'ha trucat, aquest Robert? Abans o després del noticiari?

—Després, potser al cap d'una hora i mitja... ¿Per què ho preguntes? Vols dir que hi pot haver alguna relació...

—No, no! Però és que hi ha gent morbosa, saps? Alguns s'exciten per coses així...

—Compte, doncs, Gustave. Has pres nota de l'adreça? A les nou.

—Sí, ja ho tinc —però no ha apuntat res—. Gràcies, Annie, bona nit.

Penja, i ara s'agafa una mà amb l'altra, sobre les cuixes, se les prem amb força, la boca li tremola i tanca els ulls, però els torna a obrir quasi a l'acte i, amb un impuls immoderat, es posa dreta, mira al seu entorn amb una expressió angoixada, esmaperduda.

Truca de nou el telèfon, i és per un hàbit ben arrelat que el despenja i se l'atansa a l'orella. La veu impacient d'un home exclama:

—Comunicaves, oi?... No ets Gustave? —pregunta quan ella no respon.

—Sí.

—Sóc en Windham.

—Windham? —i tot d'una es recobra, prem l'aparell com si el volgués triturar i, amb l'altra mà sobre la tauleta, tota ella inclinada endavant en un gest agressiu, com a punt de saltar, crida—: ¿On són les teves seguretats, les teves promeses? L'heu matada!

—Calma, Gustave, calma! —crida el xicot al seu torn—. D'això et volia parlar. Era la Laura, oi? Vull dir...

—És clar que ho era! Però ara ja saben que la noia amb cuixes llargues de qui us vau servir és una altra, jo.

—No corris tant, Gustave —prova de contenir-la ell—. Com ho poden saber?

—Per la piga! Hi ha hagut un reportatge a la televisió, han vist la piga i els dos pinxos de l'altre dia deuen haver dit que la noia que van assaltar no en tenia cap... Dius que no corri quan ja m'han contactat. Estic citada amb un Robert que tu deus conèixer.

—No conec cap Robert. ¿I què vol dir, que estiguis citada? No és la teva feina?

—Han demanat també una noia de cuixes llargues, morena, ben mamelluda. I això després del programa de la tele. Et sembla poc? M'has enganyat, Windham. Mentre te'm tiraves amb totes aquelles paraules tendres i jo orgasmava com una bleda, ja sabies que em matarien aviat...

—Gustave! Per què no em deixes parlar? No tinc res a veure amb tot això, mai no s'havia previst matar ningú.

—M'has enganyat —repeteix ella amb violència—. Uns plànols industrials! Per això mateu la gent? És clar, una puta de més o de menys!

—Gustave... —torna en Windham—. Jo et juro...

—No juris res. Demà, demà passat, quan trobin el meu cadàver...

—No siguis així, Gustave! Si tu creus que aquesta cita és una trampa, no hi vagis.

—És clar que no hi aniré! Però sabran qui sóc, on visc, ho trauran de l'Annie amb amenaces...

—L'Annie?

—La noia del telèfon —explica, i a l'altre cap de fil hi ha un silenci, però quan torna a obrir la boca la veu d'en Windham diu sordament:

—No vull que et matin, Gustave... Tens diners?

—I què n'has de fer, tu?

—Per fugir. Si no en tens...

—Me'ls donaràs tu, oi? Gràcies pel favor.

—Gustave, Gustave... ¿És que no veus que no tenia cap necessitat de telefonar-te, de preocupar-me de si aquesta noia era la Laura que vas substituir?

La noia obre la mà que havia tancat en un puny,

l'alça i se la passa pel front entresuat, i en Windham, davant del seu silenci, insisteix:

—Gustave... Ets aquí?

—Sí —diu blanament.

—Si tot és com dius, i ho crec, vés-te'n. Vés-te'n de seguida.

—On?

—On sigui, però lluny... Espera. A Racine, Nebraska, hi ha un lloc on podries estar bé, segura. Pregunta per Jerry i digues-li que hi vas de part meva. Si puc, li trucaré. Té una mena de pensió, entre boscos, prop d'un llac, i en aquest temps de l'any hi deu haver poca gent... M'escoltes, Gustave?

—Sí. Si et podia creure...

—M'has de creure!

—Per què? Per tu només sóc una puta que et vas tirar.

—Tant et costa d'entendre que em molesta la simple idea que per culpa meva... Jo tinc el teu telèfon, Gustave, podia haver-lo donat i a hores d'ara els tindries a la porta.

—Sí —reconeix.

—Fes com et dic, doncs. I no agafis cap avió, podrien controlar les llistes de viatgers... L'autobús et deixarà prop i és més segur. T'hi quedes tres, sis mesos, prou temps perquè s'oblidin de tu, perquè ja no siguis, com es deuen pensar ara, un perill.

La noia respira a fons, la mà engrapa la tauleta.

—I tu?

—No t'amoïnis, Gustave. De debò tens diners?

—Més que no et penses.

—Vés-te'n, doncs. Sense perdre temps.

—Sí.

—I, quan tornis, truca. Ja ho saps: toooc, toc, toooc.

—Si hi ets.

—Si hi sóc... Fins llavors, Gustave. I recorda: Jerry, a Racine, tothom el coneix allí.

—Windham...

La comunicació es talla, però ella encara espera uns segons. Després penja i corre cap al dormitori, on agafa una gran bossa i comença a obrir calaixos.

EL VENTRE

No va llevar-se fins prop de les dotze, quan la Maria, que li feia la feina del pis dos cops cada setmana, dilluns i divendres, netejava la cuina.

—Es troba més bé? —va preguntar-li en veure'l. Dues hores enrera, quan se'l trobà al llit, gairebé s'havia espantat, però ell la tranquil·litzà:

—No és res. Un cop d'aire... Em sembla que ja l'he suat.

Ho repetí a la cuina i, com que la dona li havia preparat un brou amb verdures i gallina, se n'abocà una tassa. I fou llavors, quan seia a la taula, bufant-lo perquè cremava, que se n'adonà:

—Maria... Oi que està prenyada?

La dona acabà de girar-se i somrigué:

—Sí, de sis mesos. Se'm comença a veure...

—Jo diria que es veu força. No sabia que era casada.

—No en sóc.

De fet, no sabia res d'ella. Cinc mesos enrera, en deixar-lo la muller, la hi havia enviada l'agència de col·locació de servei domèstic que escollí a l'atzar entre els anuncis de la guia telefònica. Aparentava uns quaranta anys, era una mica pleneta i més aviat alta, i de seguida demostrà que era una persona endreçada i de confiança. Però gairebé no la veia mai. Acudia al pis quan ell ja era fora, al despatx, i calia alguna petita interrupció de la seva rutina, com aquest refredat, perquè coincidissin.

—No volia ser impertinent —s'excusà ara.

—No ho ha estat. Se'm nota i és natural que se'n parli.

El brou s'havia refredat una mica, en va beure una glopada i tornà a mirar-se-la. De cop i volta pensà que, als seus quaranta-tres anys, mai no havia vist, nua, una dona prenyada. La seva muller no havia volgut tenir fills, i més valia així, es digué. Ara un fill complicaria la situació. Probablement se'l disputarien. ¿O potser ella no se n'hauria anat? Es va acabar el brou i, aixecant-se, deixà la tassa sobre els fogons.

—No en vol més? —li preguntà ella.

—No, ara no.

—Se'n torna al llit?

—No encara.

—Li ho pregunto perquè, si li sembla, li podria fer l'habitació.

—Sí, faci...

Se n'anà al bany, on orinà, i després, en veure's al mirall del lavabo, va passar-se la mà per la cara. Punxava. Endollà la màquina i va afaitar-se. Quaranta anys, reflexionà, començava a ser una mica tard per a tenir fills. Hi havia un risc que augmentava amb l'edat. Però ella potser no ho sabia, o potser tant li feia. Era una dona atractiva, i no li estranyava la idea d'un amant. El més probable era que hagués tingut una badada.

En sortir de la cambra de bany, va encaminar-se al menjador i, com que era l'hora de les notícies, engegà la televisió. Dos líders polítics mal avinguts havien decidit fer les paus i ara tot eren somriures i abraçades; se celebrava una conferència internacional sobre els països pobres, i només hi assistien els rics; un atracament, en un banc, s'havia saldat amb dos ferits i la detenció d'un dels assaltants; a Sud-amèrica un sisme deixava sense casa un trenta per cent de la població afectada; sobre el canal de la Mànega havia explotat un avió, i es parlava de sabotatge...

La Maria, procedent del dormitori, entrà amb els braços plens de roba i, mentre travessava, va dir-li:

—Li he canviat els llençols.

Ell assentí, mirant com s'allunyava, i esperà que tornés per demanar-li:

—Maria... M'agradaria que em fes un favor.

—Vostè digui.

—El diari. Me'l podria pujar, quan se'n vagi? Ja sap que hi ha un quiosc a la cantonada.

—És clar que sí! Si vol, hi faig una escapada.

—No, no, no corre cap pressa. Tinc tota la tarda, per llegir-lo.

La seguí amb els ulls quan va desaparèixer altre cop dintre l'habitació, tancà l'aparell que ara presentava un jàzzman i va atansar-se al balcó. El dia era assolellat, quasi calorós, i observà el carrer en aquella hora tranquil. Dos vells embarretats, una noia amb una senalla, el farmacèutic que havia sortit a la porta amb la bata blanca i es mirava l'aparador, una dona amb un cotxet de criatura, una parella madura que feia bracet...

Va sentir que la Maria bellugava una butaca, al dormitori, retrocedí fins a la porta i, des del llindar, va contemplar-la mentre ella ajustava la finestra que havia obert. Així, tan de perfil, el ventre dibuixava una corba plena en la qual aturà els ulls fins que la dona es girà i va dir-li:

—Ara faré el lavabo i ja hauré acabat.

—Aviat em deurà deixar —comentà ell mentre s'enretirava.

—Deixar-lo? Per què? —es va sorprendre la dona.

Ell assenyalà la panxa amb el gest, amb la mirada:

—Hi haurà el nen.

—Seran uns dies, sí. Si tot va com cal.

—I vostè com se sent?

—Bé. Diria que més bé que mai —va dir la Maria, enriolada, i es tocà el ventre.

—N'ha tingut d'altres?

—No. És el primer.

Tornà a somriure abans d'allunyar-se cap al passadís i ell entrà al dormitori, on la dona havia deixat el llit obert. No es gità, però, sinó que va asseure's i agafà el paquet de cigarretes de damunt de la tauleta. Va deixar-lo de nou i recollí la novel·la policíaca que anit havia encetat, però no va obrir-la. Fità el raig de sol que s'endinsava fins a l'espona, en la qual desapareixien els flocs que la llum traginava, i devia abaltir-se sense adonar-se'n, puix que es despertà amb un sotsobre en sentir la caiguda de l'aigua, al wàter. El llibre li havia relliscat a terra.

—Ja he enllestit —li digué la Maria des de la porta que s'havia quedat oberta—. Ara em canvio i li aniré a buscar el diari.

Va contemplar-la un cop més. Un ble de cabells li penjava sobre la cara, arran d'ull, i en fer un moviment per tirar-se'l enrera, bellugà tot el cos. Un instant, el ventre li semblà més inflat que no havia vist abans i el colpí amb més força el desig de descobrir-l'hi.

—Maria... —mormolà quan la dona anava a retrocedir.

—Digui.

—M'agradaria veure-li... —i assenyalà.

—Com diu? —va preguntar ella, i parpellejà, sorpresa.

—El ventre.

—El ventre? —repetí—. Em demana que em despulli?

Ell va escurar-se la gargamella, tot d'una plena de noses.

—Ja sé que sembla ridícul, als meus anys... Mai no he vist el ventre de cap dona prenyada.

La Maria, que s'havia quedat molt immòbil, parpellejà de nou i abaixà la veu:

—Vol jeure amb mi, potser?

—No, no! —la desmentí, avergonyit—. Només veure-li el ventre.

La dona va fer unes passes endins, s'atansà més als peus del llit i va escrutar la seva expressió.

—Ho diu de debò? —va preguntar-li, i ell assentí, ara mudament.

Ella es tornà a quedar molt quieta, però després, en silenci, es va anar descordant la bata que es posava per fer la feina, se la va treure i la deixà sobre el llit, al seu darrera. El ventre semblà que li creixia quan sobreeixí per damunt de les calces, molt breus, i ell se'l mirà, fascinat per la seva amplada, per la blancor rosada de la pell que li tibava, pel botó del melic, tan estranyament distès. Va empassar-se la saliva i xiuxiuejà:

—És meravellós!...

Ella hi abaixà també la mirada, se'l va palpar lleugerament i li digué:

—Vol tocar-me'l?

Se li havia atansat una mica més i ell hi allargà les mans, les reposà en la consistència de la carn i anà acariciant-lo cap als malucs, cap a la ratlla de les calces. La pell era delicada i els dits hi relliscaven com sobre un tou de vellut, però llavors ella tornà a separar-se i agafà de nou la bata. Mentre se la posava, s'allunyà cap a la porta i, d'esquena, va dir:

—Ara li pujaré el diari.

No la va tornar a veure fins al cap de cinc setmanes quan, en regressar a casa a quarts de tres, com cada divendres, se la va trobar al llit, on dormia, vestida. Va inclinar-se al seu damunt, enquimerat, però de seguida notà que el seu bleix era normal. S'havia quedat quasi de sobines, amb una mà caiguda al seu costat i l'altra sobre la cuixa coberta per la bata. Per alguna raó, s'havia estirat cap amunt els sostenidors i els dos botons de dalt, descordats, li descobrien els pits.

Dubtà si despertar-la, però a la fi se'n va anar a la cuina, on escalfà el menjar que ella li preparava quan acudia al pis, va treure el pa, una ampolla amb vi, el got, omplí la cafetera i s'entaulà. Ja era a les postres, dues pomes, quan sentí les seves passes que s'atansaven i, immediatament, se la trobà davant.

—M'ha de perdonar —va disculpar-se—. Estava una mica cansada, he volgut reposar un moment... i m'he adormit.

—Potser treballa massa, en el seu estat.

—No. M'ho prenc amb calma.

—L'espera algú?

—No. Avui ja no he d'anar enlloc més.

—Segui, doncs. Com va, el nen?

—Bé. Va creixent —li somrigué.

—Assegui's —repetí ell—. I mengi alguna cosa. M'ha fet dinar de sobres.

Va insistir quan ella s'hi negava i, un cop va haver-la convençuda, s'abocà el cafè i encengué una cigarreta quan la dona li assegurà que el fum no la molestava. Va contar-li, mentre menjava, que ara només tenia quatre cases, comptant-hi la seva, i que probablement podria treballar encara tota una mesada.

—Després ho deixaré, per prudència. Estic molt grossa.

—I molt maca, Maria.

—És que a vostè li agraden les prenyades. Què va pensar, l'altre dia, quan li vaig deixar veure el ventre? Que era una fresca, oi?

—No. Vaig pensar que ho entenia.

—No me l'havia demanada mai ningú, una cosa així.

—Me l'ensenyarà, avui? —va animar-se a preguntar-li—. Encara el deu tenir més bonic.

L'hi mostrà quan ja havia rentat els plats i es disposava a canviar-se, al lavabo, on deixava la roba, i ell va mirar-se-la tan embadalit, la palpà tan amorosament, que la dona va riure:

—Qualsevol que ens veiés, es pensaria que me l'ha fet vostè.

—Qui és, el pare? —gosà inquirir.

Però ella no ho sabia. Vivia sola, no estava amistançada, com potser ell s'havia cregut en dir-li que no era casada, i normalment feia bondat. De tant en tant, però, li confessà ben simplement, com si es referís a una entremaliadura disculpable, passava per períodes durant els quals duia una vida promíscua. Unes quantes setmanes abans de tenir la primera falta, l'havien coneguda cinc homes. Podia ser qualsevol d'ells, va reconèixer. No, no havia tingut el propòsit de quedar prenyada, contestà a una de les seves preguntes, però ara que ja ho estava tampoc no li sabia greu. No ignorava que per a una mare soltera les coses no són mai gaire fàcils, però tenir un fill la il·lusionava. Avui es posà les mitges, la brusa i les faldilles al seu davant, com si ara ja hi hagués prou familiaritat entre tots dos, i quan ell li demanà d'esperar-lo divendres següent, no s'hi negà.

Va poder veure-la, doncs, quasi fins al darrer moment, deu dies abans d'infantar, quan tenia un ventre tan impressionant com si esperés bessonada. Ara ja feia dues setmanes que es despullava tota, i ell admirava també les seves mamelles turgents i tan mugronades, el volum de la gropa i la ratlla que s'obria sota el bosc púbic, com enfonsat per la protuberància de la panxa. Ella, que observava la lentitud de les seves mans i la tensió de la boca, mormolà:

—Em desitja, oi?

—Sí. Molt, Maria.

La dona va amanyagar-lo amb els dits tendres i va prometre-li:

—Després... Ara no m'atreveixo.

Va ser una altra tarda de divendres, al cap d'un mes, quan es presentà amb la criatura.

—És una nena —va dir-li quan ell li obrí la porta.

—Ja sabia que tot havia anat bé. Com que a darrera hora em prohibí que li fes cap visita, vaig telefonar a la clínica.

—Sí, m'ho van dir.

La va fer seure al menjador, on tots dos van instal·lar-se al sofà, i ell li comentà que tenia molt bon aspecte, que fins i tot semblava més jove, i ella, reia, complaguda.

—És que tot va anar com una seda —li confià—. Vaig enllestir en mitja hora i quasi sense dolors. La llevadora es feia creus que als quaranta i essent el primer fill... I la nena, què li sembla? —es va interrompre.

No li semblava res i no gosà tocar-la perquè dormia, però s'admirà que fes ja tanta tossa. És clar, d'altra banda, que res més no podia esperar-se; ella havia tingut una panxa imponent.

—Se'n recorda, doncs?

—Naturalment, Maria. Va ser molt comprensiva, molt amable.

—Amable! Una mica més i tot...

La criatura es despertà mentre parlaven, ella molt desimbolta, va fer com un badall i va moure les mans que fins llavors havia tingut tancades en dos punyets. Tot d'una, quan semblava a punt de riure, esclafí el plor, però la dona no va immutar-se.

—És que té gana —va dir.

Va canviar-se-la de braç, es descordà la brusa, va treure's un pit i li oferí el mugró. La petita l'enxampà entre els seus llavis, tot de sobte aquietada, i ell desplaçà els ulls cap als de la mare que l'informava:

—Em sembla que serà de molta vida. Per sort, em sobra llet.

Se li notava, i ell tornà a contemplar la mamella, més inflada encara que durant les darreres setmanes de gestació, quan la pell es tensava com a punt de rebentar, i observà ensems la boqueta de la nena que amb una tan misteriosa destresa li xuclava el mugró. La Maria va dir:

—Em prendré dues o tres setmanes més i tornaré a la feina. Caldrà, però, que la combini d'una altra manera.

—És clar. I no tingui pressa.

—No... Vostè ha estat ben servit, mentrestant?

—Sí. L'agència em va enviar una altra noia que ve els mateixos dies, divendres i dilluns, però a la tarda —va explicar-li, i es consultà el rellotge—. Deu estar a punt d'arribar.

La nena deixà escapar el mugró tan eficaçment succionat, en el qual quedava retinguda una gota blanca i espessa, tornà a subjectar-lo, però ara semblava que ja hi havia perdut interès i l'abandonà de nou.

—Ja en té prou, per ara —digué la Maria alegrement.

Va alçar-la, li tustà l'esquena, fins que la criatura féu un rotet, i va deixar-la a la falda abans d'amagar-se altre cop el pit. Es cordava quan se sentí la remor d'una clau que s'endinsava en el pany, fora, i després el cop lleu de la porta que algú tornava a tancar. Unes sabates van talonejar pel passadís i una dona com de trenta anys, molt fosca d'ulls, va aturar-se al llindar del menjador quan anava a entrar.

—Perdoni... No sabia que tenia visita.

Mentre se n'anava cap a la cuina o cap al lavabo, la Maria es carregà una vegada més la nena en braços i va aixecar-se. Ell va imitar-la.

—Ja se'n va?

—Sí. Ara ja la coneix —va respondre, adusta.

No va ser fins després, quan ell ja li obria la porta, al vestíbul, que se li girà i va preguntar-li amb la veu engelosida:

—Els ho va demanar, als de l'agència, que la hi enviessin tan prenyada?

I ell envermellí i desvià els ulls, com un home culpable.

CAN SORME

Llegí el nom al rectangle de fusta mal encairada que penjava del pal clavat en la terra, a l'entrada del camí, i s'hi endinsà.

Però no va trobar-lo, el mas. A l'esquerra tot eren boscos plens de brossa en els quals s'obrien senderes intransitables i, a la dreta, una inacabable paret de rocam turmentat li tallava el pas. Dos cops es desvià per camins secundaris que no menaven enlloc, i de casa no en va veure cap.

Quan desembocà en una altra carretera comarcal, va aturar-se, confús. Devia haver fet potser trenta o quaranta quilòmetres, i en tota l'estona no havia trobat ningú. Segons el mapa que consultà, Ramade era a uns cinc quilòmetres, i va decidir arribar-s'hi.

Sota la llum del capvespre que ja havia obligat a encendre els fanals, va descobrir que es tractava d'una vila modesta i polsosa, però a l'entrada hi havia una estació de servei amb un home entre dues edats que seia en una cadira perillosament inclinada contra l'edifici de maons.

—Can Sorme? —va preguntar-li des del cotxe, i l'home, que duia un barret de feltre deformat i llardós, s'abalançà a poc a poc endavant, fins que els seus peus i els de la cadira tocaren el ciment de la plataforma.

—Jo diria que hi heu passat de llarg...

—No —va desmentir-lo—. He entrat a la finca per la carretera de l'Aigualida, però de mas no n'he vist cap.

—Bé hi ha de ser —replicà l'home—. La Nora hi viu.

—I qui és, la Nora?

—La secretària de la batllia. Ella us ho dirà més bé. Si no us entreteniu, encara la trobareu a ca la vila.

Li va anar ben just. L'ajuntament, de pedra rònega, era a la plaça, arraulit contra l'església, amb la qual semblava que compartís una paret i, en saltar del cotxe, va veure una noia que en sortia, empenyent una bicicleta.

—Hem tancat, ja —va dir-li quan ell pujava els graons que menaven a la porta, i va aturar-se—. Qui volia veure?

—La secretària.

—Sóc jo. Però ara me n'anava.

—No és per res de l'alcaldia —li explicà ell—. L'home de la gasolinera m'ha dit que vostè vivia a can Sorme.

—Prop, al barri nou. A can Sorme fa temps que no hi viu ningú. Qui buscava? O és potser per comprar la finca?

—No, no! Em convé parlar amb una noia que em van dir que s'hi estava.

—I quan va ser, això?

—No fa gaire. La setmana passada.

Ella, que continuava subjectant el manillar de la bicicleta, se'l mirà amb una expressió incrèdula que li feia més grossos els ulls i repetí:

—Fa temps que no hi viu ningú. ¿No hi ha anat mai, vostè, allí?

—Ara en vinc, i no he trobat cap mas.

—El mas hi és, però el van abandonar. Queda una mica amagat, això sí.

—I diu que vostè hi viu a prop...

—Potser a tres-cents metres.

—I ara hi va?

—Sí.

—En bicicleta?

—Com cada dia.

—Per què no em fa un favor, doncs? L'acompanyaré amb el cotxe i vostè em dirà per on he de passar.
—I la bici? —objectà només ella.
—La posarem a la baca.
La hi hissà i va lligar-l'hi quan ella assentí i al cap de deu minuts passaven per davant de l'estació de servei on l'home s'havia tornat a repenjar contra l'edifici i tenia el barret sobre els ulls. Però no el devia tapar prou, puix que els saludà amb un gest que la Nora va correspondre.
—És el meu sogre —l'informà.
—Ah, és casada?
—Vídua. Ell es matà ja fa un any, amb el tractor.
—I ara hi viu sola, en aquest barri que ha dit?
Devia tenir vint-i-tants anys i era massa seductora, li semblà, per no atreure els homes. Però potser s'hi estava per rebre'n algun amb més discreció que no hauria pogut fer a la vila, se li acudí segons abans que ella contestés:
—No, sola no... Amb la meva germana.
Assentí i, al cap d'una estona, en preguntar-li ella si la noia que buscava era algú del poble, li explicà sense embuts que amb la Mília hi havia viscut una temporada, amistançats, que s'havien separat feia un parell de mesos en adonar-se que les coses no rutllaven gaire bé i que ja no havia tornat a saber res d'ella fins que un amic que s'hi ensopegà a la porta d'uns magatzems, li digué que semblava prenyada i que vivia a can Sorme, una masia.
—Després vaig pensar que si l'embaràs se li notava el pare devia ser jo. Vaig esbrinar cap on queia can Sorme i he vingut a assegurar-me dels fets.
—I si la criatura és de vostè, s'hi casarà?
—No, perquè seria un desastre per a tots dos. Però la puc reconèixer.
—Per quedar-se-la? —l'interrogà ella—. Si no ara, de més gran?

—No. La meva intenció és facilitar-li les coses. Si em deixa.

—És curiós —reflexionà la Nora tot mirant-se'l—. Aquesta mena de responsabilitats més aviat les defugen, els homes.

—N'hi ha de tots —va replicar-li plàcidament.

La noia no va fer cap més comentari, potser perquè ja arribaven al camí, per on van tombar. Guiat per ella, el mas era fàcil de trobar, però s'explicava que, sol, no hagués pogut descobrir-lo. Uns tres quilòmetres endins, la paret de la muntanya s'exfoliava en una segona paret paral·lela i entre els panys de roca s'obria, invisible des del camí, una mena de túnel no ben tancat per dalt i no gaire més ample que un cotxe, a l'altra banda del qual l'edifici s'encastava a la paret.

Era una casa de planta baixa, amb pis, golfes i un annex de tàpia, sense sostre, que devia correspondre al corral. Tot era fosc i semblava desert, però quan van empènyer la porta a la llum dels fars de l'automòbil, un dels batents de fusta cedí; no estava tancada. Quan, havent cridat, ningú no els contestà, ell recollí un llum que duia al cotxe i s'enfilaren cap a l'estada. Encara hi havia mobles i tot semblava prou endreçat. A la cuina no faltava menjar, en una de les habitacions el llit, molt ample, era fet, i a l'armari van trobar-hi uns quants vestits, roba interior femenina, calçat...

—Doncs sí —va haver de reconèixer la Nora—, hi viuen.

—Viuen?

—Sí. Per aquestes peces, diria que són dues dones.

—Potser sí —convingué—. Esperaré que tornin.

—I si s'ha d'esperar gaire? Per què no ve a casa, a sopar, i després torna? És a prop...

—Ja ha fet prou, vostè. No vull abusar.

—No és cap abús. Vingui.

Eren tres torretes, potser sí que a poca distància del

mas, en línia recta, però quedaven a l'altra banda del bosc, fora de la finca, i van haver de fer la volta per la carretera. Dos d'aquells xalets, va dir-li la Nora, eren de gent de Barcelona que pujaven a passar-hi l'estiu i, de tant en tant, algun cap de setmana.

—I a vostè no li és incòmode, viure aquí, si treballa a Ramade?

—No. Hi estic avesada. Qui de vegades remuga una mica és la Tesa, la meva germana.

No en feia cara. Era força més jove i una desviació de la columna vertebral li carregava un costat d'esquena. Compensaven aquest defecte la bellesa del rostre, l'entremaliament dels ulls i l'animació del caràcter que durant el sopar li féu dir de la Nora:

—És una avorrida. Mai no porta ningú. I ara que en Jaume no hi és...

—Un amic —aclarí la noia.

La germana es ruboritzà, com si fos pecaminós tenir amistats, però de tímida no n'era gens, com ho demostraven les ullades que li adreçava i el seu capteniment enjogassat. Més tard, quan tornaven cap al mas, la Nora li confirmà la impressió que l'adolescent se sentia atreta per la seva persona.

—Li ha caigut molt bé. A la cuina m'ha preguntat d'on l'havia tret, un noi tan maco.

—És molt joveneta.

—A punt de fer els divuit anys. Però ja ha tingut dos amics —va confiar-li—. Sap que, amb el seu defecte, no es casarà i, a casa, les dones sempre hem estat precoces. Jo m'hi vaig casar, als divuit.

—I reincidirà.

—No ho crec. Em vaig casar perquè esperava un fill, com ara l'amiga de vostè, però tot va sortir malament. El nen el vaig perdre, hi van haver complicacions, em van operar i m'he quedat estèril. Quina necessitat de lligar-me un altre cop, doncs?

—Un amant? —insinuà ell.

—No pas de moment.

Eren ja al tombant de la roca i, en endinsar-se pel túnel, van veure que aquesta vegada hi havia algú a la casa: un cotxe els barrava el pas.

Mentre la noia es quedava a esperar-lo, va contornejar l'obstacle, a peu, i s'atansà a la porta. No es veia cap llum, a l'interior, però quan va haver tustat amb el palmell sentí la remor d'unes passes que baixaven els graons i distingí la claror d'allò que podia ser una espelma. Era un quinqué, i no va reconèixer la noia que, en obrir, l'avançava per tal d'il·luminar-li la cara.

—Hi és, la Mília? —preguntà.

—I vostè qui és? —va replicar-li la desconeguda.

—En Gerard.

Li devia haver parlat d'ell, car la noia el deixà entrar, però un cop dins li digué:

—És al llit i no sé si dorm. No voldria despertar-la.

El precedí escales amunt i, dalt, potser no s'adonà que el deixava a les fosques en entrar a l'habitació on ell i la Nora, ja feia prop de dues hores, havien vist el llit parat. En sortí quasi immediatament, ajustà la porta i, baixet, li digué:

—Sí, dorm.

—Està malalta?

La desconeguda se'l va endur cap a les escales.

—No. Però li convé reposar.

—Ha avortat, potser? —inquirí, i la noia no ho negà.

—Aquesta tarda, a Barcelona. Fa mitja hora que hem tornat... Com ho sabia, que érem aquí?

—Ho sabia —es tancà ell—. I vostè qui és?

—Una amiga seva —es tancà la desconeguda al seu torn.

—La Montse, potser? —se li acudí, i quan ella no contestà, digué—: Vaig trobar cartes seves...

—Doncs ja ho sap tot.

—Digui'm només si tot ha anat bé.

—Del tot. No hi ha cap perill.

Va alçar més el braç, amb el quinqué, i ell anà davallant fins a l'entrada, on la porta s'havia quedat oberta. Va tancar-la al seu darrera i se'n tornà cap al cotxe, on la Nora havia encès una cigarreta.

—Quina entrevista més curta! —comentà quan se li asseia al costat.

Ell engegà, marxa enrera i, en ser fora de la paret de roca, va informar-la:

—Se l'ha fet perdre.

—Ah! I li dol, a vostè?

—Em fa estrany... Entre totes dues podien haver-lo pujat, si jo me'n desentenia.

—Entre totes dues? —es va sorprendre la noia.

Ell afirmà mentre baix, al camí, girava. La Nora va mirar-se'l sense insistir i esclafà la punta de la cigarreta en el cendrer del cotxe. Després repenjà el cap contra la seva espatlla i no es bellugà fins que ja eren davant del xalet, quan va redreçar-se.

—Per què no es queda, aquesta nit?

Ell va mirar-se-la, buscant-li els ulls en la foscor.

—Vol dir?

—Sí. A la Tesa li agradaria...

En Gerard obrí la boca, tornà a tancar-la i apagà el motor.

ELS DIVORCIATS

Reia, li digué, en pensar que era el primer cop que es veien des del dia del divorci, feia ja cinc anys, i que havien acabat en aquella habitació d'un *meublé*, i després va confessar-li que tornava a estar casada i que era mare d'una nena. Ell va amoixar-la i l'omplí de petons fins que se li obrí de nou i la noia, mentre el tancava en la seva intimitat, el tractava de femeller, com havia fet en descobrir les seves infidelitats quan tot just feia sis mesos que eren marit i muller, però abans de deixar la cambra va haver de reconèixer que l'havia feta molt feliç. Tanmateix, el noi no li demanà una nova cita.

De fet, de cita no n'hi havia hagut cap, i ell considerà una sort excepcional haver coincidit amb la seva ex-muller al cinema quan, al cap de més de quatre anys d'absència, tot just feia una setmana que tornava a ser a Barcelona. I interpretà com un senyal de benvinguda que ella s'avingués a acompanyar-lo quan, desentenent-se una mica de la pel·lícula, la festejà amb insistència, i no pas per costum, com de primer pretenia la noia, sinó perquè als seus vint-i-nou anys era més atractiva que mai.

Ho era tant que al cap de quatre dies es decidí a telefonar-li cap a mig matí, quan suposava que el marit seria a la feina. Ella s'estranyà que l'hagués localitzada, però el noi va explicar-li que tot havia estat prou fàcil. La filla de la mestressa de la pensió on provisionalment s'estava havia trucat a casa dels seus pares i, sense pegues, havia obtingut el número de la noia que contestà, probablement la seva germana.

—És que et voldria tornar a veure, Carola.

—Per què?

—I ho preguntes, després de l'altra nit?

—Ja saps que sóc casada.

—No et demano pas en matrimoni.

—I tampoc no et deuen faltar dones, encara que faci tan poc que tornes a ser aquí —argumentà ella—. Potser aquesta mateixa noia de la pensió...

—No diguis ximpleries! Té disset anys.

—I què? Des de quan te'n preocupes de l'edat?

—Et vull a tu, Carola.

—Ja es va veure anys enrera, això.

—Sempre et vaig dir que, fes el que fes, estava enamorat de tu. I ho estic encara. Ho vas veure prou.

—Em desitjaves, sí, però...

—I tu a mi —la va interrompre—. No t'ho recordaria si m'ho haguessis amagat.

—Que tingués una flaquesa... —digué la noia, però ell va tornar a tallar-la:

—Més d'una, Carola. Ardent, més dona que mai, tan voluptuosa...

—Si et plau, Jordi! No em facis avergonyir.

—I de què t'has d'avergonyir? Per a mi va ser un instant de bellesa.

—Un entre tants.

—I per què ha de ser entre tants? ¿Insistiria, ara, si fos així?

—No ho sé, Jordi.

—Ho saps, però no vols confessar-t'ho. Per què no ens trobem demà?

—No puc.

—Quan, doncs?

—I si et dic que mai?
—M'ho dius? —la provocà el noi.
—No ho sé... —vacil·là ella.
En Jordi ho aprofità immediatament:
—Aquest vespre?
—Ja és tard.
—Les sis —es consultà el noi el rellotge—. Cap a les deu et podria esperar als jardinets del capdamunt del passeig de Gràcia... Què et sembla?
—Vols que t'ho digui? Que som uns poca-vergonyes.
—Recorda-te'n quan et tingui entre els braços.
—No t'he dit que sí.
—No m'has dit que no... T'esperaré, Carola.
Va ser puntual, però el noi ja feia vint minuts que hi era amb el cotxe que havia hagut de llogar, amb el qual pujaren pel Carrer Gran i per l'avinguda de l'Hospital Militar, cap a la Vall d'Hebron, quan ell mateix suggerí de fer un tomb. Recordava, li va dir, que a ella sempre li havien agradat les passejades nocturnes i que a cops anaven fins a Vallvidrera o s'enfilaven a Montjuïc. Però avui tombà cap a Roman Macaya i va aturar-se a la plaça de Calvo, tan acollidora i tan solitària en aquella hora, on, sense sortir del cotxe, van encendre una cigarreta mentre ell li parlava una mica de les seves activitats a Nord-amèrica, del *drugstore* que, per increïble que li semblés, havia obert a San Francisco amb un altre català, allí nacionalitzat des de feia anys, que ara continuava amb el negoci. Sí, ell encara hi conservava interessos, però no dubtava que acabaria venent la seva part en el negoci. No ho havia fet, encara, perquè ignorava com li anirien les coses aquí, en una Barcelona que sempre havia enyorat.
—Com sempre t'he enyorat a tu, Carola —afegí.
—I et sembla que m'ho he de creure?
—No —li declarà amb franquesa—. Però això no priva que sigui veritat. Reconec que no serveixo per marit,

que el matrimoni em ve gran, que potser m'agraden massa les dones, tot el que vulguis, però entre això i estimar-te...

—Només em vols, Jordi —va aclarir ella.

—Ja seria prou, però sempre hi ha hagut més.

—Sí, que mai no t'has perdut per falagueries —li va somriure la noia—. Quantes n'has fet teves, durant aquest temps? Diuen que les americanes són força emancipades...

—I què importa, Carola? —va arronsar-se d'espatlles—. T'he trobat, o t'he retrobat, i em fas encara més il·lusió que aleshores, quan ens havíem de veure d'amagatotis, perquè els teus pares no em volien.

—I després es va veure que feien bé —va dir ella sense duresa.

—Sí, es va veure... —assentí ell, i se la mirava.

Un moment, semblà que ella anava a rebutjar-lo quan li posà les mans sota les faldilles, però les besades van fer que s'anés abandonant, que li consentís de descordar-li la brusa, de palpar-li els pits i tantes altres llibertats que, al cap de vint minuts, ja anava sense calces.

S'avingué a canviar de lloc quan el noi li ho proposà i van endinsar-se pel carrer dels Dominics, un cul-de-sac ple de cotxes entre els quals en Jordi va poder esmunyir-se amb unes quantes maniobres. Les torres eren fosques, com si tothom fos ja a dormir, però d'algun indret els arribaven els sorolls d'una televisió quan passaren al seient de darrera, on van reprendre les carícies i ella se li assegué sobre els genolls.

Fou allí on el noi li digué que la setmana entrant tindria ocasió de llogar un estudi moblat en el qual es podrien veure sempre que en tinguessin ganes, si li semblava bé.

—Em proposes —reflexionà ella— que sigui la teva amant després d'haver estat la teva dona?

—No ho ets, Carola?

—Potser sí —concedí la noia—. No et fa estrany?

—No, no me'n fa. Ho vas ser abans que ens casessim.

—No és el mateix.

—No ben bé, és clar... Te'n recordes d'aquell primer cop, quan encara eres verge? Semblava que t'avergonyissis de la teva mitja nuesa, però en tenies tantes ganes com jo.

—I tu com ho saps?

—Vaig comprovar que ja m'havies fet el camí transitable.

—Transitable! Quina manera de dir-ho, Jordi...

—No està ben dit, potser?

—Sí.

—I també ho és ara, quan entre nosaltres no hi ha cap deure matrimonial i em mires amb aquests ulls que la penombra no em priva de veure que es van encenent, tèrbols... El llogo, Carola? —li preguntà, i ella assentí mentre ja li empresonava els llavis.

S'hi van veure quatre mesos, normalment al vespre, un o dos cops cada setmana i sempre en dies feiners; dissabtes i diumenges tenia el marit a casa, un representant comercial que de dilluns a divendres feia la seva ruta pels pobles. Però de tant en tant, ara que ja feia bo, s'escapaven de nit cap a les sortides de Barcelona, s'endinsaven per camins rurals, cap a alguna clapa d'arbres, cap a algun tou d'herba, si bé a ella li agradava més quedar-se en la intimitat del cotxe que semblava abandonat en la foscor mentre s'acariciaven fins que era l'hora de tornar i la noia, llangorosa, s'abaltia en el seient.

Mai, ni quan festejaven, no s'havien fet l'amor d'aquella manera, amb aquella passió, amb tanta intensitat, però ella a cops plorava una mica misteriosament o es feia retrets:

—Després del que em vas fer, t'hauria d'haver girat la cara, però no, al cap d'una hora de parlar ja em tenies al llit... I ara em poses pis.

—Però què dius, Carola? No t'he posat pis.

—No sé què és pitjor... N'hi deus portar d'altres, oi? —sorgia llavors la gelosia.

—I a tu que et sembla? Ardent com ets...

—I com vols que sigui si no pares d'escalfar-me?

Però ja tornava a abraçar-lo, li oferia el coll, on era molt sensible, el ventre que semblava no haver parit mai, i se li lliurava, exigent i càlida, per oferir-li una vegada més la seva voluptat...

Un dissabte de setembre, cap a migdia, baixava per la carretera de Sarrià quan va veure que al parc entre la Travessera i el carrer de Loreto, ella, que l'havia descobert primer, seia amb un home d'uns trenta-cinc anys i que amb ells hi havia una nena. El noi, en adonar-se de com havia empal·lidit, va desviar els ulls de la parella i es va asseure al banc del costat, uns quants metres més avall. Va encendre una cigarreta, contemplant la criatura que ara se n'anava cap als trapezis, en un dels quals s'enfilà a gronxar-se.

Al cap d'una estona la noia, que li donava l'esquena, agafà el braç de l'home, consultà el rellotge que duia al canell i va dir-li alguna cosa a la qual ell assentí mentre es mirava també l'hora, com si ella li hagués recordat que tenia una cita o havia de fer una visita. Van bescanviar encara unes quantes paraules i tot seguit l'home va aixecar-se, s'atansà a la nena que immobilitzà el trapezi i va córrer a fer-li un petó. Després ell, somrient, va tornar cap a la noia, li digué encara unes quantes paraules i, havent-li acariciat la galta, va allunyar-se cap al carrer de sota, on el noi va poder veure que es posava darrera el volant d'un cotxe pintat de verd fosc i engegava.

Ja devia fer set o vuit minuts que era fora quan la noia va girar-se-li i ell va fer les poques passes que el separaven del seu banc. Va quedar-se a l'altre extrem, ben separat, observà que la noieta continuava prop dels trapezis, ara amb una altra nena, i digué:

—El teu marit?
—Sí.
—La nena deu tenir cap als sis anys, oi?
—Cinc i mig.
—La vas tenir, doncs, mentre tramitàvem el divorci, quan jo ja feia temps que era fora de casa.
—Sí —repetí ella—. Aleshores que, ja separats, vaig passar una llarga temporada a la torre dels pares, prop de Berga, amb la meva germana.
—Et vaig deixar doncs prenyada, Carola?
Ella va moure el cap.
—Ja deus haver vist a qui s'assembla.
—Sí, ho he vist.
—És d'ell. M'hi entenia.
El noi esbossà un somriure, allargà una mà cap a les seves, caigudes sobre la falda, les hi va fregar amb la punta dels dits i es redreçà.
Ella el mirava, però tampoc no va dir res, ni va cridar-lo mentre s'allunyava.

LA CRIADA

En quedar-se sol, tanca els neons del sostre, encén el llum de la tauleta, trasllada una butaca fins a prop del llit, en el qual convergeixen tots els espills de la cambra, s'hi asseu i fa una cigarreta. Al cap de set minuts, quan l'esclafava al cendrer, uns dits tusten la porta i, sense moure's, diu:

—Endavant.

La noia obre, tanca al seu darrera i es repenja contra la paret amb les mans a les butxaques de les faldilles amples, fins al tou de la cama, se'l mira:

—L'he vista sortir sola...

—T'esperava.

—Ho he suposat.

Es redreça amb un gest mandrós de les espatlles i, enfilada sobre els talons de mig pam, camina cap al llit, però ell la intercepta quan anava a asseure-s'hi i la fa caure sobre els seus genolls. Amb ella hi cauen totes les imatges que els reprodueixen en la penombra.

—Sóc l'encarregada, no una clienta —protesta, però no forceja per escapar-se-li quan ell li empresona la cintura.

—Només has canviat per millorar, en quinze anys... —li diu el noi sense fer cabal de les seves paraules.

—Potser sí.

—Però t'he reconegut de seguida.

—Ja ho he vist. I jo a tu.

—No sembla que t'hagis sorprès gaire, de veure'm en un lloc com aquest.

—No ets el primer. Hi vénen gent de totes les condicions, aquí. Homes i dones... ¿És la teva amiga, aquesta que has portat?

—No. L'he coneguda en una granja, mentre esmorzava.

—I li has fet proposicions —somriu la noia.

—M'ha dit que necessitava uns diners... —I, sense esperar cap més comentari, li pregunta—: Per què te'n vas anar, Mina?

Totes les noies repengen un braç en la seva espatlla, sacsegen el cap, però només ella aclareix:

—No me'n vaig anar. Ja saps que hi estava bé, a casa teva... Em van treure.

—Els meus pares? —diu, estranyat.

—La teva mare. Ens va veure sense que ens en adonessim i s'estimà més fer-ho així, discretament. Ja sé que es va morir.

—Sí, l'hivern passat.

—Sí... Em va tractar amb molta consideració. Al capdavall, t'havia depravat —torna a somriure-li.

—Depravat? Si eres verge!

—Ella no ho sabia. I tu només tenies tretze anys.

—I tu setze.

—Era més gran, doncs. I la criada.

—Sobretot això, la criada... —ponderà el noi—. Per què ho vas fer, Mina?

—Ho vam fer, vols dir. Aquell matí, jugant jugant, em vas empènyer sobre el llit.

—I tu, en lloc de defensar-te, em vas fer seguir al teu damunt i em vas besar.

—Sí...

—Per què? —torna ell.

—En devia tenir ganes. Com tu.

El noi li toca la barbeta, els llavis, la cara, i recorda:
—En teníem sempre.
—Sí. Al dormitori, al lavabo, a la cuina... És on ens va veure la teva mare.
—Érem uns imprudents... No saps com vaig enyorar-te, Mina.
De tots els espills avancen mans cap a la brusa, en descorden lentament un botó, l'altre, i ella diu:
—També jo... No em toquis, Marcel.
—No —assenteix ell, però descorda el tercer botó, el darrer, i, separant la brusa, allibera les mamelles, cap a les quals també la noia abaixa la vista—. Durant els primers temps, confiava que un dia m'esperaries en algun lloc
—No podia ser. Vaig prometre a la teva mare que no et veuria més.
El noi torna a separar la roba de la brusa que tendeix a tancar-se, la contempla i mormola:
—No les tenies tan grosses, aleshores...
—No. Tinc trenta-un anys, Marcel, i és natural que sigui més dona.
—I hi deu haver hagut d'altres homes...
—Alguns. No gaires.
—No ets casada?
—No.
—Però vius amb algun home...
—Tampoc. No em toquis —reitera quan ell la palpa, però li costa d'aixecar-se i quan, dreta, el noi li posa les mans sota les faldilles i les remunta fins a la gropa mentre ella es corda la brusa, no s'hi oposa. En canvi es nega quan el noi li demana:
—Queda't, Mina.
—Estic de servei. I no porto el pesari, avui.
—El pesari?
—És que les píndoles no em van bé. A algunes dones no els proven —explica ella.

Quatre Marcels enretiren les mans i deixen caure les faldilles quan el noi abandona la butaca i mou el cap, reprovador amb ell mateix quan mormola:

—Poc hi pensàvem, en aquestes coses, llavors... Et podia haver deixat prenyada.

La noia abaixa un instant els ulls, torna a alçar-los, vacil·lant, però a la fi parla:

—Em sembla que ara ja t'ho puc dir... M'hi vas deixar.

Tota l'habitació s'altera amb el múltiple braç que s'aixeca, amb els dits que tot d'una garfeixen l'espatlla de la noia que continua mirant-lo:

—De què parles?

—Del teu fill, Marcel. Ara ja és més gran que tu quan me'l vas fer; té catorze anys.

—Mina! —però enretira el braç i, tentinejant, es deixa caure a la vora del llit—. Si és una broma...

—Volia avortar —explica ella—, però la teva mare s'hi va oposar.

—La mare? —gairebé crida.

—Sí. En enretirar-se'm la regla, la vaig anar a veure perquè m'ajudés. Un avortament és car...

—Vas venir a casa? —l'interromp el noi.

—Sí, en una hora que tu no hi eres... Em va dir que seria un assassinat, que no ho podia consentir, i va fer una visita als meus pares, que no en sabien res... Era tota una dona, la teva mare, se sabia imposar.

—Això sí que ho pots dir!

—Em va ajudar tant com va poder. Mai no va dubtar que el nen era teu, potser precisament perquè no reclamava res, cap reparació. I després ja ho va anar veient.

—Et visitava, doncs?

—Sí, ens visitava. Era el seu nét, oi?

El noi separa les mans de les cuixes on li reposaven, obre els braços que des dels espills sembla que es precipitin a fugir i els tanca amb un gest d'esbalaïment.

—I a mi sense dir-me res. Ni tu ni ella...

—I què t'havíem de dir? ¿És que potser ens havien de casar, quan tenies tretze anys?

—Si no llavors, més endavant.

—I no hauries estat sacerdot, Marcel... Ja saps que era la gran il·lusió de la teva mare.

—Sí... —accepta, abatut—. Entenc que ara em rebutgis, Mina.

—No, no! —protesta la noia, se li atansa i li amoixa els cabells—. És perquè no duc el pesari, ja t'ho he dit.

L'AIGUAT

Va córrer amb la bossa de lona a la mà, perseguida per l'aiguat que de cop i volta foragitava la gent de la platja, no gaires encara, i, en ser dalt, potser a tres-cents metres de l'estació, entropessà amb un sortint de la vorera que va obligar-la, per no caure, a repenjar-se en un cotxe que tenia davant. El noi que, en eslip de bany, obria la portella, acudí sol·lícit:

—T'has fet mal?

—No ha estat res. M'he pogut agafar a temps.

—On tens el cotxe?

—No en tinc! —va riure ella.

—Puja, si vols —la invità—. Això és un diluvi!

—Oh, sí, gràcies! —acceptà sense pensar-s'hi.

Ell s'endinsà cap al volant per obrir-li la porta de darrera i, quan la noia s'hi precipità, va dir-li:

—Ens està bé per carallots. Ja es veia venir...

—No pas un xàfec com aquest. Hi havia uns nuvolets blancs, transparents, i prou.

—I darrera en venien uns de més negres —rigué, i va tancar—. Vas a Barcelona?

—Sí. Agafaré el tren.

—Per què? Puc portar-t'hi.

—També hi vas?

—Allí visc.

—Em faràs un favor, doncs.

—Abans, però, potser valdrà més que ens canviem. Tots dos anem xops.

—Com et deixaré el cotxe! —es lamentà ella.

—No t'hi amoïnis... ¿No t'has torçat el peu ni res, amb aquesta ensopegada? —s'interessà.

—No, no!

—És que amb aquestes voreres tan deixades qualsevol hi pren mal.

Va eixugar-se el cap, la cara i el tors amb una tovallola que estirà de la roba amuntegada al seient del costat, va posar-se la camisa abans de treure's l'eslip, i la noia obrí la bossa.

—Per si no te'n recordes, sóc l'Oleguer —va dir-li quan ja es fregava les cuixes, les cames.

—Per si no me'n recordo? —va estranyar-se ella—. És que ens coneixem, potser?

—És clar. No ets la Mireia? —i va girar-se quan es treia els sostenidors del biquini.

La noia va tapar-se els pits amb la tovallola i l'assabentà:

—Em dic Júlia.

—Júlia? Divendres passat em vas dir Mireia.

—Em deus confondre amb algú altre.

—No em puc confondre —li assegurà el noi— si vam acabar la nit plegats. En un llit —aclarí.

—Què dius!

—No treballes a l'«Anoia». O «La noia», no ho sé, perquè no hi havia estat mai.

—I què és, això?

—Un *top-less* —va dir mentre es tornava a girar per posar-se els pantalons.

Quan alçà el cul, la noia li observà un moment la rigidesa de la verga que s'escapava de la camisa, i aprofità que li donava l'esquena per posar-se la brusa i, sense cordar-se-la, esmunyir cames avall les calces del biquini.

—No. Estudio filologia.

El noi va fer córrer la cremallera i se li tombà una altra vegada. Ella deixà caure la tovallola contra el baix ventre i es cordà la brusa sota els seus ulls poc convençuts.

—És clar que en aquests locals hi ha poca llum, i tampoc no n'hi havia gaire a l'habitació, però jo hauria jurat... És de debò que estudies filologia?

—Sí. Faig el segon.

—Jo acabo biològiques.

—També és interessant —comentà ella, i el noi sacsejà el cap.

—El més curiós és que tenia el mateix timbre de veu. Càlid, com tota ella.

—Entenc —mormolà la noia.

—Entens?

—Vol dir que ho vau passar bé —li va somriure.

Ell va continuar mirant-se-la i després desvià els ulls cap a fora, on l'aigua queia a bots i barrals, es va treure un paquet de cigarretes i oferí:

—En vols?

—No pas ara. M'he de vestir —li recordà.

Va enfilar-se els texans directament sobre la pell mentre el noi encenia, d'allò més pensarós, va recollir llavors la roba i l'entaforà a la bossa.

—¿És perquè et pensaves que era aquesta noia que m'has invitat a pujar?

—No. Encara no havia tingut temps de fixar-m'hi bé. Eres una noia que corria... Has vist quina desbandada?

—És clar. Una cosa és banyar-te, una altra que et tirin galledes d'aigua.

—Sí... Per què no seus aquí davant, ara que ja t'has canviat? —va proposar-li.

—D'acord. Obre'm.

Va empunyar la maneta i, protegida per la gran tovallola, saltà del cotxe, i ràpidament s'introduí al seu cos-

tat, d'on ell va haver d'enretirar l'eslip, un jersei i unes sandàlies.
—Hi vens sovint, aquí? —va preguntar-li mentre es calçava.
—De tant en tant. Avui no tenia classes.
Ell assentí, féu una pipada lenta i profunda, expel·lí el fum i se la mirà.
—Nosaltres hi tenim una torreta.
—Bona sort!
—És còmode. Però ara no hi ha ningú. No hi venim mai, tan aviat —i va fer una pausa—. ¿No et diu res d'anar-hi?
Ella, que havia encreuat una cama sobre l'altra, les descreuà i va quedar-se molt immòbil.
—És una broma?
El noi ho negà amb el cap i, tot i que li restava encara mitja cigarreta, obrí el vidre del seu costat, la llençà fora i, en tancar, digué:
—Una proposició, Mireia.
—Em dic Júlia.
—Júlia, si vols. Què hi fa, el nom? —i va moure les espatlles.
Ella va girar-se i, agenollada sobre el seient, allargà una mà cap a la bossa que havia deixat darrera i va estirar-la.
—Més m'estimo agafar el tren —li va dir.
—Quina ximpleria! Amb aquest aiguat?
—Amb aquest aiguat. No m'agraden les teves intencions.
—Divendres no vas fer tants escarafalls.
—No els devia fer aquesta Mireia que dius —li replicà, ja a punt d'obrir la portella.
El noi, ràpid, allarga el braç per retenir-la.
—No et facis la desmenjada...
—Deixa'm sortir! —li manà ella amb la veu sorda i els ulls que li llampeguejaven.

—Molt bé —cedí el noi, i deixà caure la mà—. Però no t'entenc. No puc haver-me equivocat...

—Doncs sí, t'has equivocat —va contestar-li la noia quan ja saltava del cotxe.

Darrera seu va fer petar la portella, es girà cap a l'estació i, un cop més coberta amb la tovallola, arrancà a córrer amb la bossa a l'altra mà.

A les sis, després d'haver hagut d'esperar el tren prop d'una hora, entrà al pis que compartia amb la Isabel, estudiant com ella. Durant el trajecte se li havia anat eixugant la roba, però tenia esgarrifances i s'ho va treure tot per posar-se sota la dutxa. En sortir-ne, es va friccionar vigorosament, es rentà el cap, va assecar-se'l i després, sense vestir-se, embolcallada amb la bata, es preparà una amanida i un ou dur, va fer-se cafè.

A tres quarts de set ja tornava a ser al bany, on es va fer les ungles, es pentinà llargament, va maquillar-se amb prudència els ulls i amb no tanta discreció la boca, es perfumà amb l'essència que preferia, perquè feia olor d'espígol...

En deixar el flascó va haver d'acudir al telèfon. El pare, des del poble, li digué que l'endemà havia de fer un viatge ràpid a Barcelona, però no tan ràpid que no poguessin dinar plegats, si a ella li anava bé.

—És clar que sí! Vine a esperar-me a la sortida de la facultat, a dos quarts de dues... I la mare?

La mare va posar-s'hi. No, ella no vindria, tornava a tenir un altre dels seus períodes de diarrea, no pas pitjor que de costum, la tranquil·litzà, i més s'estimava no moure's de casa.

—I tu, estàs bé?

Sí, tot funcionava com cal, va assegurar-li, i després, amb un cop d'ull al rellotge, va córrer al dormitori, on es posà la combinació negra que només havia dut una vegada, el portalligacames, les mitges fosques i, sobre, el jersei de mitja mànega, d'un beig clar, i les faldilles que la cobrien fins a mitja cuixa i asseguda, estretes com eren, se li enfilaven més amunt.

Es contemplà al mirall de cos sencer, va somriure's aprovativament, recollí el portamonedes, comprovà que no li faltava res, apagà el llum de la cambra, recuperà les claus de darrera la porta, on les havia deixades en entrar i, fora, tancà amb el pany de seguretat, com feien sempre que el pis es quedava sol.

Talonejà pels trams d'escales que la separaven de l'entrada, mirà la bústia d'on sortia un paper en el qual no s'havia fixat, però era un full publicitari i el deixà. Al carrer, caminà fins a la cantonada, va tombar amunt, va fer potser encara cinquanta metres i, en veure el llumet verd del taxi que s'atansava, va aturar-se i aixecà el braç.

—A «La noia» —digué en pujar-hi.

EL GOS

La noia, d'uns vint-i-sis o vint-i-set anys, duia ulleres de sol i un barnús en el qual es barallaven uns dracs verds, esquemàtics, quan obrí la porta i preguntà:

—Per qui demana?

Ell, que havia memoritzat el nom de la bústia, a l'entrada, es mirà el gos llop que, tranquil però amb la llengua fora, li feia companyia i, amb el seu somriure més professional, digué:

—Per la senyora Ferrar.

—I què li vol? —va interessar-se plàcidament la noia.

El xicot, atent al ca que l'observava, es va treure l'agenda que ja duia preparada a la butxaca i la hi allargà.

—De moment, fer-li aquest obsequi.

Ella va agafar-la, s'enretirà les ulleres fosques, l'obrí, la fullejà breument i, en alçar de nou la vista, amb una expressió encara interrogant, li recordà:

—Ha dit de moment...

—Sí. També volia fer-li una oferta que potser li agradarà —i el noi va tocar la cartera que portava—. Una oferta especial —afegí mentre el gos badallava.

—Ja entenc —va dir la noia i, tot posant-se un altre cop les ulleres, insinuà—: Detergents, perfums?...

—Ni s'hi acosta —va riure ell—. Si em concedeix cinc minuts, estic segur que la faré contenta.

—Humm... —semblà que vacil·lava ella, però de seguida obrí més la porta i se'n separà—: Entri.

No el va retenir al vestíbul, com ell esperava, sinó que el precedí pel passadís i cap a una peça ampla, clara, amb una gran balconada més enllà de la qual es prolongava en una terrassa amb tot de plantes arrenglerades al llarg de la balustrada, una cadira baixa, de lona, una tovallola vermella, de bany, i uns quants objectes escampats al seu entorn. Gairebé sense aturar-se, la noia deixà l'agenda en una tauleta llarga i molt baixa, entre dues butaques i un sofà, i digué:

—Vingui. M'ho explicarà tot mentre continuo prenent el sol.

Sense abandonar la cartera, va seguir-la fora, on el gos va fer un petit trot fins prop d'un test alt, amb un cactus que semblava un ciri, i s'ajaçà en el terra de rajol amb el cap entre les potes. La noia es va treure el barnús, el plegà abans de deixar-lo en un costat i s'instal·là en la tovallola, totalment nua, mentre li assenyalava la cadira:

—Segui.

L'obeí amb uns moviments poc coordinats, fits els ulls en el cos que, a la porta, no li havia semblat tan sumptuós, però atinà, en seure, a ocultar les seves emocions amb la cartera. Ella encongí lleugerament una cama i parlà de nou:

—I ara digui. L'escolto.

El noi tancà els ulls, com qui es concentra, tornà a obrir-los i es dominà prou per dir amb relativa serenitat:

—S'ha escrit, i sembla que és cert, que madame de Châtelet es canviava de camisa i fins i tot es banyava davant dels seus criats... ¿Sap qui era madame de Châtelet? —es va interrompre.

La noia, que tot d'una semblava vagament desconcertada, va moure el cap d'una banda a l'altra per tal de manifestar la seva ignorància i els pits li oscil·laren feixugament.

—L'amiga de Voltaire —la informà el noi.

—Ah, Voltaire! —exclamà ella com qui es treu un pes de sobre, i el gos, al seu racó, alçà més l'orella—. A la biblioteca hi ha alguna cosa seva. És el de *La donzella*, oi?

—Exacte —assentí, i amb la mirada li va recórrer el cos amunt i avall, des de la sina ara immòbil a la protecció capil·lar del baix ventre, mentre la noia somreia, complaguda del seu encert. Llavors va fer-se una mica enrera, féu saltar les dues tanques de la cartera i, un cop oberta, en va treure un gruixut volum—. Aquí hi és tot —afirmà—. De qui sigui, del que sigui.

—Un diccionari? —preguntà ella.

—Una gran enciclopèdia. La més completa del món.

—I vostè me la vol vendre...

—Si vostè la vol comprar.

El gos havia abaixat les orelles i la noia comentà:

—Això que m'ha dit d'aquesta madame de Châtelet ho havia sentit contar de Cleopatra, la reina d'Egipte...

—També. Totes dues eren dones voluptuoses.

—Vostè sap moltes coses —li va somriure ella.

—També vostè les pot saber. Com anava a dir-li —i deixà el volum a terra, al seu abast— les condicions són d'allò més avantatjoses si fa la subscripció directament, a un representant de la casa, abans del primer de setembre. S'estalvia, respecte als subscriptors posteriors, un trenta-tres per cent, amb l'avantatge suplementari que els volums en preparació li seran servits al preu actual encara que l'obra sofreixi algun augment.

—No s'ha publicat tota, doncs? —s'interessà la noia, sense tocar el llibre.

—Són vint volums, i els cinc primers ja estan a la seva immediata disposició només que...

Buscà alguna cosa en la cartera, en va treure un full,

la deixà a terra, arran de cadira i, en redreçar-se de nou, va veure que la noia li allargava un tub.

—¿No li fa res d'untar-me l'esquena, que em giraria una estona?

—Per mi no ho faci.

Va agafar tanmateix el tub, abandonà els papers sobre la cadira, s'agenollà a la seva vora, féu saltar un cuc de pomada de color rosat pàl·lid i, amb el palmell, li va recórrer lentament l'esquena. El ca, sempre amb el musell entre les potes, se'l mirava.

—Està força bruna —va dir-li.

—Oi?... Fins baix —li aconsellà en sentir que no li arribava a la cintura.

El noi davallà els dits fins a la gropa, va palpar-la d'una banda a l'altra, tornà a pujar-los, ara desviant-se cap a sota de l'aixella, ho repetí amb renovada parsimònia i, en fer el segon viatge, va allargar el moviment fins al pit i, quan la presència de la seva mà no fou objectada, l'anà contornejant, s'entretingué en la fermesa del volum; comprovà la de l'altre, on es distingia una minúscula piga, fregà els mugrons...

—L'esquena —mormolà ella, i s'anà tombant del tot.

El noi recollí una mica més de crema i, quan ella va estar del tot girada, la hi escampà entre les espatlles i l'inici de les cuixes, passejant-li les mans per les natges, vorejant la fondalada que duia al tall... Ella va allargar-li una tovalloleta que tenia a prop.

—Tingui. Pot eixugar-se amb això.

Es va quedar de panxa a terra, però amb el tors redreçat, i els pits li fregaven el drap que tenia sota, ben separats l'un de l'altre, quan ell, agenollat sobre els talons, va preguntar-li:

—Com se diu?

La noia es va treure les ulleres per segona vegada, va deixar-les al seu davant i se'l mirà amb uns ulls ingenus, amicals.

—Per què ho vol saber? Ah, sí —va contestar-se immediatament—, per l'enciclopèdia... Olga.

—Olga —repetí el xicot, i sacsejà el cap—. No ho hauria de fer, això.

El gos havia tancat els ulls, com avorrit o endormiscat per la calor, i ella alçà una mica més els colzes.

—Què faig?

—Deixar-se veure.

La noia plegà una cama, es tombà i va quedar-se asseguda, amb una mà repenjada en el terra i els genolls separats.

—Tan desagradable em troba? —digué amb la veu prima, com decepcionada.

—No, ben al contrari —la tranquil·litzà ell.

Avançà una mà i, amb el palmell, va sospesar-li un pit amb els dits que pujaven cap al mugró, i la noia hi abaixà la vista i seguí la carícia abans d'interrompre-la amb un moviment.

—M'agrada molt —afegí el xicot.

—Doncs quin mal hi ha? Hauria d'estar content.

—Ja hi estic, Olga.

—Però es queixa...

—És que si es deixa veure i tocar...

—No em deixo tocar —protestà la noia amb la veu més alta, i el gos es deixondí—. Vostè m'ha posat pomada.

Ell sospirà mentre redreçava el tors, tingué una breu vacil·lació en obrir la boca i, a la fi, mormolà:

—No pot ser que no se n'adoni...

Va callar en veure que el gos se'ls atansava per quedar-se prop de la noia que ara brandava el cap, com si aquelles paraules fossin increïbles. Recollí les ulleres, va posar-se-les i es va asseure a la gatzoneta.

—Vostè ha vingut a vendre'm una enciclopèdia, i encara no m'ho ha explicat tot.

Ell, amb un esforç, apartà els ulls de la clivella entreoberta en la fosca del borrissol i s'aixecà. El gos el vigilava.

—Sí... El pagament és a terminis pel que fa als cinc primers volums i, els altres, es paguen en rebre'ls —digué breument, com de mala gana i, d'esquena, va alçar la maleta, la diposit례 a la cadira i va desar-hi el llibre, els papers que n'havia tret.

Al seu darrera, la noia l'assabentà:

—Caldrà que ho digui al senyor Ferrar.

—Naturalment.

Obrí un altre cop la cartera, n'enretirà un dels papers i va allargar-l'hi, evitant de mirar el gos que abaixava el musell cap a l'esquerda carnal:

—Que el seu marit s'ho llegeixi. Si li interessa, només li cal firmar l'imprès i enviar-lo a l'editorial.

—Sí —acceptà ella tot rebutjant el ca—. Li ho diré.

Va deixar-lo sobre la tovallola, s'aixecà i va posar-se el barnús. Sense cordar-se'l i seguida del ca, va acompanyar-lo fins a la porta, la hi obrí.

—Olga... —va girar-se-li llavors.

—Bon dia —li va somriure ella, ara amb una mà que acariciava el cap del gos, a frec d'orella—. I gràcies per l'agenda... Ha estat molt amable.

La portera, que en entrar no hi devia ser, va mirar-se'l mentre tancava l'ascensor, desplaçà els ulls cap a la cartera i va preguntar-li:

—Ven alguna cosa, vostè?

—Enciclopèdies —va contestar-li el noi.

La dona brandà el cap desaprovadorament, amoïnada.

—No hi havia d'haver pujat, als pisos. No els agrada que els molestin. Després se'm queixen.

—Només he visitat els senyors Ferrar —va excusar-se ell, i la portera va fer un pas enfora del llindar des d'on parlava.

—Ja ha vist que no hi són.

—Jo diria que sí —li va somriure el noi—. Ell potser no, però he parlat amb la seva muller.

—Amb la senyoreta Gertrudis? —s'estranyà la dona—. Se'n van anar plegats i no tornen fins dilluns.

—Olga —la rectificà ell—. M'ha dit que es deia Olga.

—Olga? —repetí la dona— Si és la criada!

El noi va canviar-se la cartera de mà.

—¿Una noia més aviat alta i ben feta, provocativa i descarada? —digué a poc a poc.

La portera, que alçava les mans cap a uns flancs que devien haver conegut més d'una maternitat, va renunciar a descansar-les-hi i obrí més els braços amb un gest entre incrèdul i escandalitzat:

—Provocativa? Si és la modèstia en persona, l'Olga! Quines coses de dir... —quasi gemegà—. Vagi-se'n, vagi-se'n! —li ordenà, i ara alçava la veu.

El noi s'allunyà cap a la porta amb un arronsament d'espatlles. En tancar-se-li, al darrera, la portera continuava remugant.

I L'EXCEPCIÓ

LA SENTÈNCIA

(Banc d'un jardí públic. Hi seu un HOME *que llegeix una revista. Se senten cops de xiulet i tot seguit, corrent, entra un altre individu. En veure l'home, s'atura en sec, es treu l'americana, n'enretira un llibre de la butxaca, la plega, la deixa sobre el banc, s'hi asseu damunt i obre el llibre. L'altre, que ha contemplat totes aquestes maniobres en silenci, torna a submergir-se en la lectura de la revista. Se senten més cops de xiulet que precedeixen l'entrada, també corrent, de dos policies que, en veure els homes, s'hi atansen.)*

POLICIA PRIMER: No ha passat ningú corrent?
HOME DEL LLIBRE: Quan?
POLICIA PRIMER: Ara; fa poc.
HOME DE LA REVISTA: Per aquí?
POLICIA PRIMER: És clar!
HOME DE LA REVISTA: No.
POLICIA SEGON: Un xicot...
HOME DEL LLIBRE: No, ningú.
HOME DE LA REVISTA: Ningú.
POLICIA PRIMER: Perdonin.

*(Tots dos arrenquen a córrer novament i s'allunyen cap a l'altra banda entre cops de xiulet. Hi ha un silenci. Després, l'*HOME DEL LLIBRE *alça els ulls i es mira l'*HOME

DE LA REVISTA, *el qual torna a llegir com si no hagués passat res.)*

HOME DEL LLIBRE: Per què no els ho heu dit?
HOME DE LA REVISTA: Què els havia de dir?
HOME DEL LLIBRE: Que era jo.
HOME DE LA REVISTA: No ho sabia.
HOME DEL LLIBRE: M'heu vist córrer.
HOME DE LA REVISTA: Hi ha molta gent que corre.
HOME DEL LLIBRE: Així i tot, us ho he d'agrair...
HOME DE LA REVISTA: Tots dos ens trobem al mateix costat.
HOME DEL LLIBRE: Ah! Vós...
HOME DE LA REVISTA: Sí.
HOME DEL LLIBRE: També us busquen?
HOME DE LA REVISTA: Ens busquen a tots.
HOME DEL LLIBRE: Ho ignorava.
HOME DE LA REVISTA: Deu fer molt de temps que correu.
HOME DEL LLIBRE: Sí, una mica.
HOME DE LA REVISTA: Vau saltar per la tàpia, potser?
HOME DEL LLIBRE: La tàpia?
HOME DE LA REVISTA: La de l'hort.
HOME DEL LLIBRE: No... Per la teulada.
HOME DE LA REVISTA: Gairebé tots vam saltar per l'hort. Per això ens devien veure.
HOME DEL LLIBRE: És probable.
HOME DE LA REVISTA: A casa, és clar, ja no hi vaig tornar. Era més prudent.
HOME DEL LLIBRE: La família, oi?
HOME DE LA REVISTA: Naturalment. No en teniu, vós?
HOME DEL LLIBRE: Bé... Segons com es miri.
HOME DE LA REVISTA: No vull ser indiscret. Tots hem de protegir els nostres.
HOME DEL LLIBRE: Ben cert.
HOME DE LA REVISTA: És clar que és una mica dur, això d'haver de dormir on pots, en un rec, en un solar, en un vagó abandonat... I mai no estàs tranquil del tot.

HOME DEL LLIBRE: No, això no; gens.
HOME DE LA REVISTA: Per sort, anit vam trobar una cova. Fins ara som quatre, però n'hi caben més.
HOME DEL LLIBRE: És segura?
HOME DE LA REVISTA: Provisionalment... De quina comissió formàveu part, vós? No recordo haver-vos vist.
HOME DEL LLIBRE: Bé, de fet... No m'estranya.
HOME DE LA REVISTA: Ja entenc: un observador.
HOME DEL LLIBRE: Exacte. Un delegat observador.
HOME DE LA REVISTA: Confio que el vostre informe serà favorable.
HOME DEL LLIBRE: Hi podeu confiar.
HOME DE LA REVISTA: Ja sé que hi va haver incidents...
HOME DEL LLIBRE: Calia esperar-ho.
HOME DE LA REVISTA: Costa de lligar voluntats, de convenir un programa mínimament satisfactori...
HOME DEL LLIBRE: És natural.
HOME DE LA REVISTA: No tothom és tan comprensiu, per desgràcia.
HOME DEL LLIBRE: Hi ha els impacients, sí.
HOME DE LA REVISTA: I els fanàtics...
HOME DEL LLIBRE: Això, sobretot els fanàtics.
HOME DE LA REVISTA: ...que encara no han capit que Cèsar tenia tota la raó.
HOME DEL LLIBRE: Cèsar?
HOME DE LA REVISTA: Sí. Divideix i venceràs.
HOME DEL LLIBRE: Ho va dir ell?
HOME DE LA REVISTA: Em pensaria que sí. De tota manera, qui ho digués no té importància.
HOME DEL LLIBRE: No, gens.

(Entra una DONA *jove i d'aspecte atractiu, discretament vestida, però potser una mica massa maquillada. Duu un gran portamonedes penjat al braç. S'atansa lentament al banc i s'hi asseu. Somriu als dos homes que se la miren abans de prosseguir la conversa.)*

HOME DE LA REVISTA: Més important és escarmentar-nos. Hi ha hagut molts errors.

HOME DEL LLIBRE: Coincideixo totalment. *(Clava una llambregada a la dona i tot seguit s'inclina més cap al seu veí i li parla a cau d'orella.)* No sé si la prudència... *(Assenyala la* DONA *amb un petit gest.)*

HOME DE LA REVISTA: No parlem prou concretament perquè sigui perillós.

HOME DEL LLIBRE: Sempre se'ns pot escapar una paraula comprometedora...

HOME DE LA REVISTA: Ni que així fos. Tenim tot el poble al costat.

HOME DEL LLIBRE: No ho sabem. És una impressió que podria resultar mentidera.

HOME DE LA REVISTA: Els nostres delegats a les fàbriques, tallers i comerços es mostren prou optimistes...

HOME DEL LLIBRE: Potser es fan il·lusions. Sovint interpretem les paraules dels altres en un sentit més favorable que no tenen.

HOME DE LA REVISTA: Ja hi comptem, amb això. Calculem un trenta per cent d'error... Em concedireu que és un marge generós.

HOME DEL LLIBRE: Sí, sí!

HOME DE LA REVISTA: Doncs bé, encara queda un percentatge prou alt perquè ens sigui permès de pensar que la gent ens fan costat i que, si no sempre ho manifesten, és per timidesa, per por, per una mena de recel que no els deixa creure, sense reserves, en l'honestedat dels altres...

HOME DEL LLIBRE: Sí, tots aquests factors pesen.

HOME DE LA REVISTA: I no vull dir que aquesta actitud no s'expliqui. Tots hem viscut en un ambient que ha anat desarrelant uns sentiments de confiança, sense els quals és difícil d'actuar.

HOME DEL LLIBRE: No sembla pas que us hagi marcat, a vós.

HOME DE LA REVISTA: També! També! Tots en som víctimes.

HOME DEL LLIBRE: Ara us confieu amb franquesa a un desconegut...

HOME DE LA REVISTA: No té cap mèrit. Us persegueixen i, per tant, sé que sou dels nostres.

HOME DEL LLIBRE: Ho podrien fer per d'altres motius.

HOME DE LA REVISTA: És dubtós. Ara ja només persegueixen la gent per un motiu.

HOME DEL LLIBRE: També podria ser un agent provocador.

DONA *(que mentrestant s'ha posat una cigarreta als llavis)*: No teniu foc?

HOME DEL LLIBRE: No fumo, jo.

HOME DE LA REVISTA *(es treu l'encenedor, el fa petar, encén la cigarreta de la* DONA *i després una per a ell)*: He de confessar que també tinc aquest vici.

DONA: Gràcies... S'hi està bé, oi, en aquesta hora, al parc?

HOME DE LA REVISTA: Sí, és un indret tranquil, i avui fa bon oratge.

DONA: És clar que hi ha d'altres llocs prou agadables. Potser un de vosaltres dos... o tots dos... Eh?

HOME DEL LLIBRE: No.

HOME DE LA REVISTA: Podria ser una bona solució, si no teniu on anar. Vull dir a la nit. Naturalment que, si no us espanta la incomoditat, també us podem acollir entre nosaltres.

HOME DEL LLIBRE: Sí; més m'ho estimo.

DONA: No cobro car.

HOME DEL LLIBRE: No hi fa res.

DONA: I sóc jove, encara. I ben feta.

HOME DEL LLIBRE: No interessa.

DONA: El teu amic sembla més amable.

HOME DEL LLIBRE: Per què no ens deixes en pau?

(La DONA *s'arronsa d'espatlles. Hi ha un silenci.)*

HOME DE LA REVISTA: Esperarem que sigui fosc.
HOME DEL LLIBRE: De primer us he preguntat... I si fos un agent provocador?
HOME DE LA REVISTA: No n'hi ha gaires. Cada dia li costa més de trobar-ne, a la policia.
HOME DEL LLIBRE: Això no ho diuen els delegats, suposo.
HOME DE LA REVISTA: No, ni cal... D'aquí a deu minuts ja podrem començar a anar-hi.
HOME DEL LLIBRE: És lluny?
HOME DE LA REVISTA: Una mica. Al Turó de l'Home Alt.
HOME DEL LLIBRE: Ignorava que hi hagués coves.
HOME DE LA REVISTA: Ho sap poca gent.
HOME DEL LLIBRE: Deuen ser darrera, on hi ha les roques...
HOME DE LA REVISTA: No; entre els pins. I només n'hi ha una.
DONA: Jo no ho faig mai, en una cova. Ni al camp. Tinc un piset meu, confortable.
HOME DEL LLIBRE: Te'l pots confitar!
DONA: Ara tampoc no t'hi voldria a cap preu, a tu. Li ho dic a ell.
HOME DE LA REVISTA: Potser un altre dia...
DONA: Ho diuen tots, això.
HOME DE LA REVISTA: I tampoc no tinc diners, en aquest moment. *(Al seu veí.)* Vaig perdre la cartera en saltar la tàpia, i no me'n vaig adonar fins que ja era massa tard. M'imagino que la devien recollir ells.
HOME DEL LLIBRE: ¿I no us sembla perillós, en aquest cas, de venir a seure al parc, on us poden reconèixer?
HOME DE LA REVISTA: Sí, ho és.
HOME DEL LLIBRE: Aquesta prudència vostra, doncs...
HOME DE LA REVISTA: Tinc una missió.
HOME DEL LLIBRE: Ah! Arriscada?
HOME DE LA REVISTA: Més que això. Sacrificada.
DONA: Ara es gira una mica de fresca, no trobeu?

HOME DEL LLIBRE *(com si no la sentís)*: ¿Un atemptat, potser?

DONA: A casa tinc foc, un foc alegre, en una llar de terra... I davant hi ha una estora tova...

HOME DEL LLIBRE: No amoïnis!

DONA: Ho deia al teu amic. Amb tu no m'hi parlo.

HOME DE LA REVISTA: No et pensis que no m'agradaria!

HOME DEL LLIBRE: No heu dit que éreu casat?

HOME DE LA REVISTA: Jo?

HOME DEL LLIBRE: Heu parlat de la família...

HOME DE LA REVISTA: La mare i una germana, una criatura encara. *(A la* DONA.*)* Ja t'he dit que no tinc diners.

DONA: No m'has preguntat si fiava.

HOME DE LA REVISTA: És veritat. Però no fies.

DONA: Tens raó. Em sembla que he perdut la tarda.

HOME DEL LLIBRE: No t'obliguem a quedar-te.

DONA: Encara pot venir algú altre. De vegades, entre dos foscants... N'hi ha que són tímids.

HOME DE LA REVISTA: Cinc minuts més i ens en podrem anar.

HOME DEL LLIBRE: I la missió?

HOME DE LA REVISTA: En aquell moment ja l'hauré enllestida... o haurà fracassat.

HOME DEL LLIBRE: D'aquí a cinc minuts?

HOME DE LA REVISTA: Aproximadament.

HOME DEL LLIBRE: No és un atemptat, doncs.

HOME DE LA REVISTA: Segons com es miri.

HOME DEL LLIBRE: I en parleu davant d'aquesta... Ara ja no són generalitats.

HOME DE LA REVISTA: No hi fa res.

HOME DEL LLIBRE: Us pot denunciar.

HOME DE LA REVISTA: No ho crec. Pràcticament ja no n'hi ha, de denúncies.

HOME DEL LLIBRE: Sou massa confiat, fet i fet. Ni denúncies ni agents provocadors...

HOME DE LA REVISTA: Els pocs que queden tenen els dies comptats.
HOME DEL LLIBRE: Voleu dir?
HOME DE LA REVISTA: Sí. Vós, com a observador que sou, ignoreu moltes coses.
HOME DEL LLIBRE: Algunes, potser. Se'ns protegeix.
HOME DE LA REVISTA: Exacte. Potser ja va ser una imprudència que assistíssiu a la reunió.
HOME DEL LLIBRE: Bé calia, però.
HOME DE LA REVISTA: Sí, per dissort.
HOME DEL LLIBRE: Per dissort?
HOME DE LA REVISTA: L'assistència a les reunions compromet, i seria un cop molt lamentable que us detinguessin.
HOME DEL LLIBRE: Se'n nomenarien d'altres.
HOME DE LA REVISTA: Però mentrestant es perd temps, s'interrompen els contactes...
HOME DEL LLIBRE: Això sí.

(Es tornen a sentir cops de xiulet que van atansant-se.)

DONA: Què són, aquests xiulets?
HOME DE LA REVISTA: Deu ser la policia.
DONA: La policia! *(S'aixeca.)* Més val que me'n vagi, doncs.
HOME DE LA REVISTA: No els has de tenir por.
DONA: No els agrada de veure'ns al parc.
HOME DE LA REVISTA: Oi que no portes cap rètol? Tens un aspecte discret. Seu. Si te n'anaves encara seria pitjor; et toparies amb ells.
DONA: Però aquí...
HOME DE LA REVISTA: Té *(li allarga la revista)*. Llegeix.
DONA *(s'asseu de nou)*: Gràcies. Llàstima que no tinguis diners; ho passaríem bé.

HOME DE LA REVISTA *(al seu veí)*: ¿Em deixeu una estona el llibre? O potser que fem lectura en veu alta...

HOME DEL LLIBRE: No cal.

HOME DE LA REVISTA: És clar que no és indispensable. Dos vells amics pacífics i inofensius bé es poden esbargir una estona al parc. No hi ha res de tan natural.

HOME DEL LLIBRE: Ben cert. *(Els dos* POLICIES *desemboquen per on se n'havien anat de primer.)* Agent!

POLICIA PRIMER: L'heu trobat, doncs?

HOME DEL LLIBRE: N'he trobat un.

HOME DE LA REVISTA: Felicitacions!

POLICIA SEGON *(es treu les manilles)*: Allargueu les mans!

HOME DE AL REVISTA *(s'aixeca amb pausa)*: No hi ha inconvenient.

HOME DEL LLIBRE: Més val que us ho agafeu així. Em sap greu per la vostra missió.

HOME DE LA REVISTA: Sou molt amable. Ja és acomplerta.

HOME DEL LLIBRE: Com?

HOME DE LA REVISTA *(als policies)*: Quan vulguin.

POLICIA PRIMER: Som-hi.

*(L'agafen un per cada braç i se l'enduen. L'*HOME DEL LLIBRE *deixa el volum en un costat del banc, estira l'americana que té sota el cul i se la posa.)*

HOME DEL LLIBRE: Sí, comença a fresquejar. *(La* DONA *calla.)* Ben jugat, oi?

DONA: Sí, ben jugat.

HOME DEL LLIBRE: Calia assegurar-se que era un d'ells. Més val evitar detencions arbitràries. Sempre fan mala impressió. *(S'atansa una mica més a la* DONA.*)* Ara podem parlar d'això del teu piset. No sóc tan bròfec com et deu haver semblat de primer, però el servei de vegades obliga... Ja m'entens, tu.

DONA: Perfectament.

HOME DEL LLIBRE: Els hem agafat ben de sorpresa; això no s'ho esperaven. En el fons, són força més ingenus que no es pensen.

DONA: Vols dir?

HOME DEL LLIBRE: I tant! Veuen algú que corre, senten uns xiulets de la policia, i de seguida treuen conclusions. Es pensen que ets dels seus i se't confien.

DONA: Sí?

HOME DEL LLIBRE: Els fas cantar en un no-res. Que si les coves, que si la tàpia, que si la reunió... Si els agents tarden una mica més, li faig xerrar fins i tot això de la missió. És clar que també haurà d'acabar per confessar-ho, però hauria estat un èxit personal que jo...

DONA: Ho és.

HOME DEL LLIBRE: Com, que ho és? No et dic...

DONA: La missió és aquesta.

(S'aixeca bruscament i l'apunta amb la pistola que es treu del portamonedes.)

HOME DEL LLIBRE: Què fas? *(S'aixeca també.)*

DONA *(l'apunta amb mà ferma)*: No t'atansis!

HOME DEL LLIBRE: Però... però... tu...

DONA: Vostè!

HOME DEL LLIBRE: Vostè... també...

DONA: Ja ho veu. Cal descobrir els agents provocadors, i això només es pot aconseguir amb un sacrifici. És natural, doncs, que hi hagi una sola condemna: a mort.

HOME DEL LLIBRE: No... Si tu... vostè... Esperi's! Puc justificar...

DONA: No pas al meu davant. Sóc el braç executor.

HOME DEL LLIBRE: Però vostè no pot... així, a sang freda...

DONA: Jo, no; els meus.

HOME DEL LLIBRE: No em poden condemnar perquè pensi d'una altra manera. Defensen la llibertat d'opinió...

DONA: Sí.

HOME DEL LLIBRE: Es contradiuen, doncs.

DONA: S'equivoca. Castiguem l'engany, la deshonestedat, la persecució...

HOME DEL LLIBRE: No poden, li dic! Vostès... la humanitat... Sempre parlen d'humanitat... ¿No ho veu que no pot ser? Una causa noble, justa, no es pot embrutar així, perquè un altre sigui un porc... un porc que es voldria regenerar, que en buscava l'ocasió i que ha caigut en un engranatge... *(En adonar-se que ella vacil·la, parla amb més seguretat.)* Sóc una víctima, com tots, que obra sota amenaça, que prova de salvar el que pugui encara que s'exposi a un risc personal... Algú que els fa·el joc per conèixer-los, per estalviar gent, per tal de trobar-se en posició de combatre'ls amb les seves pròpies armes quan calgui... Algú que s'embruta perquè no s'hagi d'embrutar ningú més. Sobretot vosaltres...

DONA: És inevitable. Ens ha costat, però a la fi hem entès que els purs sempre moren a l'escorxador.

HOME DEL LLIBRE: No, no!... Canviarà, això. El seu amic ho ha dit, ara ja gairebé no els queda ningú. Només cal un petit cop de coll, que uns quants com jo... Ho farem, li ho asseguro, ho farem.

DONA: Quan?

HOME DEL LLIBRE: Aviat, molt aviat... El moment s'atansa, i aleshores, reivindicats, sí que podrem morir. No ho veu? No ho veu?

DONA: No ho crec.

HOME DEL LLIBRE: Li ho juro! Doni'm una oportunitat! No sóc un gos, no em mereixo una mort de gos... no se la mereix ningú. Sóc un home, un home!

DONA: Molt bé. *(Li allarga la pistola.)* Tingui, i demostri-ho. Confio que...

HOME DEL LLIBRE *(la hi arrabassa i crida)*: Hi has caigut!

(Riu.) Sí que sou uns ingenus. Mai, mai no podreu amb nosaltres! *(Amenaçador.)* Alça les mans!

(La DONA, *tranquil·lament, obre el portamonedes i en treu una automàtica, l'apunta.)*

DONA: És descarregada, la seva.

(L'HOME DEL LLIBRE, *rabiosament, fa funcionar un gallet que percudeix en sec.)*

HOME DEL LLIBRE: Maleïda puta! *(Llença l'arma a terra.)*

DONA: No és un home. *(Dispara dues vegades contra el cos que s'inclina endavant, com si volgués aturar les bales amb les mans abans d'abatre's feixugament.)* No era un home...

SUMARI

Els contes

I l'excepció